Pink

Anja Fröhlich wurde 1964 geboren. Nach dem Abitur studierte sie Theater-, Film- und Fernsehwissenschaft sowie Kunstgeschichte und Psychologie. Sie arbeitete als Kulturredakteurin und Werbetexterin, bevor 2001 ihr erster Roman erschien. Es folgten zahlreiche Kinder- und Jugendbücher, die mehrfach übersetzt und ausgezeichnet wurden.

Anja Fröhlich

Love to go

PINK • Ein Imprint von Oetinger Taschenbuch

Außerdem von Anja Fröhlich bei **PINK** erschienen:

Miss Krassikowski Vol. 1
Miss Krassikowski Vol. 2
Miss Krassikowski Vol. 3
Lucky in Love

PINKpressum

PINK • Ein Imprint von Oetinger Taschenbuch

Sonderausgabe
1. Auflage 2016

Oetinger Taschenbuch GmbH, Hamburg
Mai 2016

Druck: GGP Media GmbH, Pößneck
ISBN 978-3-86430-055-4

FSC www.fsc.org
MIX
Papier aus verantwortungsvollen Quellen
FSC® C014496

www.oetinger-taschenbuch.de

01

KENNT IHR MIKE HOFFMANN? Ich meine jetzt nicht **den** Mike Hoffmann, sondern diesen einen Jungen, den es in jeder Klasse und in jedem Mädchenleben gibt. So ein voll süßer Typ, an den man beim Einschlafen denkt und beim Aufwachen. Beim Zehennägelschneiden und wenn man den Kajalstift anspitzt.

Damit eins klar ist: Ich, Mel Reiche, denke **nicht** an Mike Hoffmann. Weder an den einen noch an irgendeinen anderen. Ich bin doch kein Idiot, der auf billige Tricks reinfällt. Dem wie diesem Hund aus den Experimenten der Sabber aus dem Mund läuft, wenn das Glöckchen klingelt. Ich bin **nicht** auf Mike Hoffmann *abgerichtet*.

Mike hat übrigens nicht nur **ein** Glöckchen in seinem Mädchenverzauberungskasten. Er klingelt mit einem ganzen Glockenspiel, und die Ladys reißen sich reihenweise ein Bein aus, um wenigstens eine Facebook-Freundschaft von ihm zu ergattern.

Ich muss dazusagen, dass Mike gar nicht aussieht wie **Robert Pattinson** oder so. Nicht mal wie **Justin Bieber**. Er ist eher der **Christian Ulmen-Typ**, falls den jemand kennt. Also nicht besonders durchtrainiert und auch nicht besonders groß. Er hat eine winzige Lücke zwischen den oberen Schneidezähnen und kommt immer ein bisschen stoffelig rüber. Aber gerissen, wie Mike ist, hat er diese kleine Macke eiskalt in einen Vorteil umgewandelt. Er macht beim Erstkontakt mit einem Mädchen einfach auf hilflos und kurbelt so bei seinem Opfer niederste Muttergefühle an. (Von Krankenschwester-Gefühlen ganz zu schweigen!) Sein Knuffelgesicht passt voll ins *Kindchenschema*. (Sorry, kein Ausdruck von mir, der stammt aus dem Bio-Unterricht.)

Ich schreibe übrigens einen Blog über Typen wie Mike mit dem Namen *Girlaxis*. Das ist so eine Art Grundimmunisierung für mich. Vielleicht schreibe ich mal ein ganzes Bio-Buch über das Thema. Das müsste dann jeder Siebtklässler lesen – statt diese blöden Sexualkunde-Broschüren, in denen all der Krempel steht, den man sowieso schon weiß.

Mit meiner neuen Spracherkennungs-App kann ich meine Beobachtungen sogar direkt ins Handy diktieren, und das ganze Elend wird augenblicklich in einen so gut wie druckfertigen Text umgewandelt.

Mein neuester Eintrag:

13. Mai, 13.30 Uhr, Coffeeshop neben unserer Schule

Mike lässt sich mit einem Milchkaffee neben ein fremdes Mädchen auf ein Sofa plumpsen. Klar schwappt ein bisschen Schaum über den Pappbecherrand – unbeholfen, wie er ist. Und er fängt auch gleich voll umständlich an, sich bei seinem Opfer zu entschuldigen. Dabei hat er in erster Linie seine eigene Hose getroffen.

Prognose: Coffee2go-Mike hat auf Love2go-Modus geschaltet.

»Ich hab dich doch nicht getroffen, oder?«, fragt Mike ganz außer sich vor Sorge. »Weißt du, du bist so ein Mädchen, das total – wie soll ich sagen – so, so fleckenlos aussieht. Ich meine, also, du siehst aus, als würde dir nie was umfallen, weil du dein Leben irgendwie einfach im Griff hast. Du siehst echt perfekt aus – also nicht im spießigen Sinne!«

Die Unbekannte grinst wegen des unbeholfenen (zugegebenermaßen total bescheuerten) Kompliments und saugt mit ein paar perfekt geglossten Lippen an einem Strohhalm.

Ferndiagnose: Er gibt ihr ein gutes Gefühl, weil er sich kleiner macht, als er ist. Sie glaubt, das Spiel mit dem Stoffel in der Hand zu haben. Irrtum!

»Hast du vielleicht ein Tempo?«, fragt Mike.

Das Mädchen greift hinter sich, holt mit hochgezogenen Augenbrauen eine Serviette aus dem Spender und reicht sie ihm wortlos.

Ja, ja, mach ruhig auf überheblich. Du glaubst ja gar nicht, wie schnell der Typ dich am Wickel hat.

»Oh Mann, ja, die Box da mit den Servietten, die habe ich glatt übersehen«, entschuldigt sich Mike.

Er ist schlau genug, jetzt eine kleine Pause einzulegen und sein Opfer mit seinen Gedanken und Gefühlen allein zu lassen. Kann ich verstehen. Denn Mädchen haben ja nicht nur einen Mutterinstinkt, sondern auch einen ganz feinen Riecher dafür, wenn jemand sie plump anbaggern will. Klar finden sie es cool, angebaggert zu werden. Aber sie wollen auch Frau der Lage bleiben. Und wenn sie sich verfolgt oder zugelabert fühlen, sind sie ruck, zuck weg – wie scheue Rehe, die es im Unterholz knistern hören. Es reicht also, dass Mike ab und zu mal aus seinem Knuffelgesicht vor sich hin oder, besser noch, in sich hineingrinst wie ein Milka-Schmunzelhase, während er an seinem Handy spielt. Sieht so aus, als bekäme er SMS von total witzigen Freunden oder Freundinnen. Sie blättert in einer Zeitschrift und wirft alle zehn Sekunden einen heimlichen Blick zu ihm rüber. Er hat es gar nicht nötig, ihre Blicke zu erwidern. Oh Mann, wie kann man sich seiner Sache nur so sicher sein? Natürlich weiß Mike, dass er beobachtet wird. Denn gerade als sie wieder zu ihm schielt, dreht er ihr plötzlich das Knuffelgesicht entgegen und sagt – wahrscheinlich mit Samtstimme –: »Kann es sein, dass wir uns kennen?«

Leider werde ich genau in diesem Moment von meinem Beobachtungsposten verscheucht. Angeblich stehe ich einer dünnen Kellnerin mit winzigem Tablett voll im Weg. Darum muss ich die beiden jetzt aus der Ferne beobachten. Aber ich kann mir schon denken, was Miss Opfer gerade auf die Schmunzelhasen-Frage antwortet: »Hab ich auch gerade gedacht«, wird sie sagen. Schon um ihre peinliche Rübergückerei zu rechtfertigen. Natürlich kennen die beiden sich **nicht**. Aber jetzt hat Mike einen Grund, seinen ganzen Freundeskreis aufzuzählen, weil es ja sein könnte, dass sie sich über einen gemeinsamen Bekannten kennen. Jedenfalls redet er plötzlich wie ein Wasserfall. Falls er tatsächlich über seine Freunde spricht, dann schmückt er mit Sicherheit jeden von ihnen mit einem ausgefallenen Adjektiv oder gar einer kleinen, lustigen Anekdote. Ich kenne ihn. Er geht schließlich seit sieben Wochen in meine Parallelklasse. Oder besser gesagt, ich gehe in seine, weil ich zurzeit bei meiner Oma einquartiert worden bin. Man könnte es auch »zu Hause ausquartiert« nennen. Denn meine Mutter ist Flugbegleiterin und fliegt neuerdings auch nachts. Sie meint, sie hätte ein »Betreuungsproblem«. Ich würde sagen, sie hat noch ganz andere Probleme! Aber dazu später mehr. Die Fremde kann jedenfalls ihre Begeisterung über den Schmunzelhasen kaum mehr verbergen. Ihre Gesichtszüge tauen so was von auf, auch wenn sie natürlich keinen einzigen von den genannten Kandidaten kennt.

Die beiden hören gar nicht mehr auf zu quatschen. Ich nehme an, sie sind inzwischen mit dem Bekanntenkreis durch und gehen die Schauplätze durch, die sie gemeinsam besucht haben könnten: den Salon Schmitz, die Montessori-Grundschule, den Judoverein (wo Mike während seiner kurzen Mitgliedschaft

allerdings mehr oder weniger unsichtbar war, weil er permanent im Schwitzkasten von irgendeinem echten Kämpfer versteckt gehalten wurde) ...
Ich wette, das ist der Moment, in dem Mike sich bei der Fremden unauslöschlich zwischen die Sympathie-Synapsen in ihrem Gehirn geknotet hat. In den nächsten Wochen werden keine fünf Minuten vergehen, in denen sie **nicht** an ihn denkt!

Ihr fragt euch vielleicht, **warum** diese Knuffel-Typen so ausgefuchste Trickser sind, die an jeder Ecke irgendwelche Mädchenherzen durchelektrisieren, um dann unbekümmert zum nächsten Opfer weiterzuflattern. Das habe ich mich natürlich auch gefragt. Ehrlich gesagt weiß ich es selbst nicht ganz genau. Und noch ehrlicher gesagt ist das die Frage, die **mich** beim Aufwachen und beim Fußnägelschneiden beschäftigt. So gesehen denke ich also auch ständig an Mike Hoffmann. Aber ich tue das für den guten Zweck. Nämlich, um Jungs wie ihm gerade **nicht** zu verfallen. Wenn ich diese Spezies verstehe, dann kann sie mir nichts mehr anhaben. Mein Leben lang. Denn ich bin mir sicher, dass selbst in den Altenheimen noch Mike Hoffmanns rumgeistern und den Omis falsche Komplimente über ihre falschen Zähne machen.

Natürlich habe ich schon ein paar Vermutungen, warum unser Vorführmodell »Mike« diesen ganzen Zauber veranstaltet.

Vermutung 1: Er ist süchtig. Wonach, bin ich mir noch nicht ganz sicher. Wahrscheinlich nach Liebe oder, besser gesagt, nach Geliebtwerden. Denn er selbst ist natürlich komplett liebesunfähig.
Vermutung 2: Er ist ein schnöder, blöder Sammler, so wie diese Euromünzensammler, die ihre Cents aus allen Euroländern in ein vorgestanztes Pappbuch drücken und voll glücklich sind, wenn es wieder ›Klack‹ macht.
Vermutung 3: Er will sich für irgendetwas bei Mädchen rächen. Aber wofür? Ich wette, kein Mädchen auf der ganzen Welt hat ihm je etwas angetan. Aber wer weiß, vielleicht war er als Kleinkind ja mal **richtig** pummelig und ist auf dem Spielplatz von ein paar Sandkuchenbäckerinnen gedisst worden.

Mit einem Klick stehen die neuesten Erkenntnisse aus meiner Forschungsarbeit online. Obwohl ich gar keine Werbung für meinen Blog mache, habe ich inzwischen schon hundertdreizehn Follower. Und es werden jeden Tag mehr. Natürlich schreibe ich unter die Texte nicht meinen Namen. Das wäre viel zu gefährlich. Angenommen, jemand aus meiner neuen Schule würde den Blog durch Zufall entdecken und all die Typen informieren, die ich erforsche. Dann wäre ich doch geliefert! Mike Hoffmann würde mich einmal durch den Schredder im Sekretariat drehen und mich dann an die Wasserschildkröten im Schultümpel verfüttern. Was für ein unwürdiges Ende für eine junge Verhaltensforscherin!

Nachdem ich die ganze Welt über Mike Hoffmanns fiese Machenschaften informiert habe, gehe ich meine kleine Schwester aus dem Kindergarten abholen. Sie ist eigentlich schon sechs, ist aber wegen ihres auffälligen sozialen Verhaltens in diesem Jahr noch nicht eingeschult worden. Pepsi sitzt bereits in Jacke und Schuhen im Eingangsbereich auf dem mit nassem Klopapier übersäten Steinboden und hat die Unterlippe vorgeschoben. Solange die Lippe noch nicht zittert, ist alles halb so schlimm, hoffe ich.

»Was ist los, Peps?«

Meine Schwester schüttelt nur den Kopf, nimmt mich an der Hand und zieht mich in Richtung Tür.

»Hey, Moment, wir müssen dich noch abmelden!«

»Blödes Abmelden! Abmelden ist pipi-kacka-egal!«, sagt sie, und dann beginnt ihre Unterlippe doch noch zu zittern. Ich nehme Pepsi auf den Arm, und sie vergräbt ihr Gesicht an meinem Hals. Ich spüre, wie mir ein paar Tränen den Rücken runterlaufen. Mit meiner Schwester auf dem Arm gehe ich zu Frau Artbaum, die ihren Laden offensichtlich nicht im Griff hat.

»Pepsi ist dann mal weg«, sage ich und versuche, Frau Artbaum so verächtlich wie möglich anzusehen.

»Melanie, gut, dass du kommst!«, sagt sie. »Ich glaube, Pepsi hatte keinen guten Tag heute. Sie …, wie soll ich sagen, sie integriert sich nicht richtig. Sie ist irgendwie so … so negativ.«

»Ich heiße Mel, nicht Melanie, Frau Albtraum«, antworte ich, ohne auch nur eine Spur Verachtung aus meinem Blick rauszunehmen. Dann gehe ich mit der schweren Pepsi auf dem Arm nach draußen. Sobald wir außer Sichtweite sind, versuche ich sie am Boden abzusetzen. Doch Pepsi klammert sich wie ein Affe an mich, sodass ich mich am Ende eng umschlungen mit ihr auf eine Bank setzen muss.

»Ich will nach Hause. Ich will zurück in meinen alten Kindergarten. Und ich will zu Mama zurück«, schluchzt sie.

»Hey, Mama ist auch manchmal pipi-kacka-doof. Schon vergessen?«

»Ist sie nicht!«, jault Pepsi.

»Doch, ist sie! Mama hatte in letzter Zeit die schlechteste Laune der Welt. Und sie hat auch nie was zu essen gekocht. Geschweige denn Kuchen gebacken, so wie Ohm.«

Das sind nicht die Worte, die Pepsi hören will. Sie legt in Sachen Heulen noch einen Gang zu und behauptet, unsere Oma wäre eine böse Hexe und eine alte Schrulle noch dazu, die nichts von Kindern versteht.

Langsam werde ich sauer. Mit aller Kraft öffne ich Pepsis Zangengriff. Es fühlt sich so an, als könnte jeden Moment einer ihrer dünnen Arme brechen, so fest hält sie mich umklammert. Dann schaue ich in ihr rot geschwollenes Gesicht. »Nimm das sofort zurück! Ohm ist die liebste Oma auf der ganzen Welt. Und sie ist immer für uns da!«

Den Rest des Weges reden wir kein Wort mehr. Ich nehme mal an, Pepsi denkt an all die Dinge, die zu Hause bei Mama besser waren. Und ich denke an all die Dinge, die bei Ohm besser sind. Das ist der Unterschied zwischen uns beiden. Ich versuche, tapfer nach vorne zu denken, während Peps sich einfach gehen lässt.

Als ich die Haustür aufschließe, kommt uns erst der Geruch von Ohms Vanillewaffeln und fünf Sekunden später Ohm selbst entgegen. Ihre drahtigen grauen Haare hat sie zu einem vogelnestähnlichen Knäuel zusammengewickelt und mit zwei Holzspießchen am Hinterkopf festgesteckt.

»Oh, da kommen ja meine beiden Mopstiger«, sagt Ohm und breitet ihre Arme in Richtung Pepsi aus. Ungünstigerweise denkt sie sich immer total behämmerte Tiernamen für uns aus. Meine kleine Schwester läuft wortlos an ihren Armen vorbei in unser Zimmer.

»Sie hatte Ärger im Kindergarten«, erkläre ich. Ohm zieht die drei Sorgenfalten zwischen ihren Augenbrauen so weit zusammen, dass sie zu einer tiefen Furche verschmelzen, und reicht mir einen Teller mit Waffeln.

»Ach, der arme Mausefrosch. Sie vermisst wohl eure Mutter. Bring ihr doch ein paar Waffeln ins Zimmer!« Von wegen, Ohm ist eine Hexe!

Pepsi und ich mümmeln die Waffeln im Bett. Meine Schwester hat sich wie eine Katze zusammengerollt und an meinen Bauch gedrängt. Ich schaue im Handy nach, ob mein neuer Blog-Eintrag schon Likes oder Kommentare bekommen hat. Ein Mädchen namens Melody schreibt: **Gut, dass mal jemand diesen Anmacher-Vollpfosten auf die Schliche kommt!**

Und Jeanne schreibt:

Hallo, Frau Flirtmuffel! Neidisch, oder was? Muss man denn gleich heiraten, nur weil man ein bisschen Spaß haben will? Wie altmodisch ist das denn?

Flirtmuffel? Was für eine Beleidigung?! Ich versuche, das Wort auf der Stelle wieder zu vergessen, aber es hat sich leider in mein Hirn eingebrannt. Und je stärker ich es abschütteln will, desto tiefer gräbt es sich rein.

02

DIE SCHULBÜCHER sind im letzten Stock in der allerletzten Ecke untergebracht. Wenn man sich in dieser Buchhandlung ein langweiliges Mathebuch kaufen will, wird man zwangsläufig an hundert interessanteren Ecken vorbeigeschleust. Mich zieht wie immer das Regal mit der Aufschrift *Lebenshilfe* magisch an. Ein echt peinliches Hobby von mir! Die meisten, die sich hier rumdrücken, sind wesentlich älter als ich und sehen so aus, als hätten sie Lebenshilfe echt nötig. Heute ist allerdings ein ziemlicher Tumult in der Abteilung. Emily Dickhaus, die Autorin des Buches *Durchschaut – Männer, die baggern, beißen auch!*, sitzt an einem kleinen Tisch und signiert ihre Bücher. Ich kenne das Buch. Um nicht zu sagen: Ihr Buch hat mich überhaupt erst auf die Idee gebracht, Jungs zu durchschauen. Dass sie heute hier sitzt, ist der absolute Glücksfall. Und dass ich mein Buch nicht dabeihabe, um es signieren zu lassen, ist natürlich das größte Pech aller Zeiten! Ich verschanze mich hinter einem Regal mit der Aufschrift: *Wünsche materialisieren* und beobachte Emily Dickhaus. Sie sieht gar nicht so übel aus und ist – soweit ich das aus meinem

Versteck beurteilen kann – kein bisschen **flirtmuffelig**. Die wenigen Männer, die sich in die Schlange vor ihrem Tisch verirrt haben (um wahrscheinlich ein Buch für ihre Exfreundinnen zu kaufen), werden jedenfalls besonders zuvorkommend behandelt.

Als nur noch wenige Leute vor dem Signiertisch stehen, kann ich den Stapel mit den Autogrammkarten entdecken. Wie super ist das denn? So habe ich auch ohne mein Buch einen Vorwand, mir Emily Dickhaus aus nächster Nähe anzusehen. Vielleicht kann ich sie ja sogar ansprechen? Und wenn es ganz, ganz gut läuft, könnte ich sie auf meinen Blog aufmerksam machen.

Nachdem die Schlange auf genau eine Person zusammengeschrumpft ist, verlasse ich mit klopfendem Herzen meinen Aussichtsposten und stelle mich hinten an.

»Wo ich mein Wissen herhabe?«, höre ich Emily Dickhaus zu der Frau vor mir sagen. »Ich gehe einfach nur mit offenen Augen durchs Leben und zähle eins und eins zusammen!«

Die Frau, die ein offensichtlicher Fan der Autorin ist, nickt übertrieben heftig und krallt ihre weiß lackierten Fingernägel in das frisch signierte Taschenbuch.

»Ich habe natürlich auch ein paar Psychologiebücher gelesen. Aber die beste Schule ist immer noch das Leben selbst«, erklärt Frau Dickhaus mit Siegergrinsen im Gesicht. Sie lächelt so souverän, dass mir ganz schwindelig wird. Wie kann man nur so selbstsicher sein?

»Sie haben ja sooo recht!«, erklärt der Fan vor mir und hält die gekrampften Hände mit dem Buch jetzt vor der Brust wie eine Gottesanbeterin. »Was einem da draußen mit den Männern so alles passiert! Da könnte man glatt zehn Bücher drüber schreiben. Ach, was sage ich, hundert!«

Nachdem ihr Idol nichts weiter antwortet, tritt meine Vorgängerin ab, und ich bin an der Reihe. Wahrscheinlich werde ich mich genauso dämlich anstellen! Und ich werde mit dem gleichen Profi-Lächeln abserviert wie all die anderen Verehrerinnen.

Doch noch bevor ich einen Ton herausbringe, schaut mir Emily Dickhaus ins Gesicht und sagt: »Du hast doch nicht etwa auch *Durchschaut – Männer, die baggern, beißen auch!* gelesen?«

»Doch!«, sage ich fast ein bisschen empört.

»Hallo! Das ist ein Buch für Frauen ab vierzig. Über Psychostrategien von Männern, die mindestens genauso alt sind.«

Ich schaue sie entsetzt an. Dann blicke ich kurz auf die Autogrammkarten – die gar keine Autogrammkarten sind, sondern kleine Werbeprospekte mit der Aufschrift *Schreiben lernen bei der Schriftstellerin zu Hause*.

»Und jetzt willst du wohl auch noch schreiben lernen wie Frauen um die vierzig«, sagt Frau Dickhaus und rollt die grün geschminkten Augen.

Ich starre sie immer noch fassungslos an. Ihre Pupillen haben die Form und Farbe von Katzenpupillen. Sie trägt tatsächlich diese Katzenaugen-Kontaktlinsen!

Ich zucke mit den Schultern und schaue wieder zu den Flyern auf ihrem Tisch. »Klar würde ich gerne schreiben lernen. Aber ich kann mir so einen Kurs bestimmt nicht leisten.«

»Hast du denn schon mal etwas geschrieben?«, will die Dickhaus wissen. Ich nicke.

»Ich schreibe manchmal über die Jungs in meiner Klasse. Die sind so ein bisschen wie die Männer in Ihrem Buch«, höre ich mich sagen. Keine Ahnung, wie diese Sätze aus meinem Mund gekommen sind. Ich habe sie mir jedenfalls nicht vorher ausgedacht und schon gar nicht reiflich überlegt.

»Wow, du kommst zu ähnlichen Ergebnissen wie ich?«

Mir schießt das Blut in den Kopf, und ich bin mir nicht sicher, ob Frau Dickhaus nur ein bisschen amüsiert ist oder ob sie sich knallhart über mich lustig machen will.

Doch dann sagt sie allen Ernstes: »In meiner Mittwochsgruppe ist noch ein Platz frei. Ich würde mich freuen, wenn du mal vorbeikommst. Du bist herzlich eingeladen!« Sie drückt mir einen ihrer *Schreiben-lernen-bei-der-Schriftstellerin-zu-Hause*-Flyer in die Hand und will, dass ich eine Kostprobe aus meinem »Tagebuch« mitbringe.

Mein Herz weiß ehrlich gesagt nicht, ob es vor Aufregung stehen bleiben oder davongaloppieren soll. Und meinen Beinen geht es ähnlich. Die Beine entscheiden sich für »wie angewurzelt stehen bleiben«, während das Herz in gestrecktem Galopp davonrast.

»Also, kommst du? Um fünf geht's los. Ist nicht weit von hier. Albertusstraße 9.«

Ich nicke. Dann kommt plötzlich ein neuer Fan um die Ecke und zettelt ein Fangespräch mit Emily Dickhaus an. Irgendwie bin ich froh, dass mein Gespräch damit wohl beendet ist, denn in meinem Zustand hätte ich wahrscheinlich kein Wort mehr rausbekommen. Ich stecke den Flyer in die Hosentasche und winke zum Abschied ein bisschen peinlich herum. Emily Dickhaus wirft mir einen letzten Blick aus ihren Katzenaugen zu. Dann stolpere ich in die Schulbuchabteilung und brauche eine ganze halbe Stunde, um mich wieder zu beruhigen und nicht vor Aufregung zu platzen.

Ich überlege fieberhaft, welche meiner Blog-Einträge ich mit in diese Schreibgruppe nehmen könnte. Es gibt ein paar ganz gute Texte. Vielleicht sind sie aber auch nur mittelgut oder gar »doch nicht sooo super«. Auf jeden Fall sollte ich in der Zwischenzeit noch ein paar echt brillante Krachertexte schreiben. Solche, die Emily Dickhaus total vom Stuhl reißen und dazu bringen, unbedingt eine *Durchschaut*-Junior-Ausgabe herausbringen zu wollen. Mit mir als Koautorin. Oh weh, jetzt galoppiert nicht nur mein Herz davon, jetzt gehen auch noch meine Gedanken mit mir durch.

Auf jeden Fall nehme ich mir vor, bis Mittwoch mindestens noch einen Krachertext zu schreiben. Am besten wäre ein richtiges Experiment aus dem Labor. Bei einer Party zum Beispiel könnte ich mit meinem Handy heimlich einen Film drehen, den ich dann zu Hause ganz genau studiere. Jedes Wort, jeder Augenaufschlag, jedes falsche Lächeln könnte ich mit Warnhinweisen versehen. Den kommentierten Film würde ich dann bei *YouTube* reinstellen und eine Million Klicks bekommen. Das Problem ist nur, dass es bestimmt illegal ist, heimlich gefilmte Menschen bei ihren peinlichen Bemühungen zu zeigen. Man müsste ihnen mindestens schwarze Balken über die Augen legen, um sie unkenntlich zu machen. Aber dann wäre ja auch der Augenaufschlag nicht mehr sichtbar.

Auf dem Rückweg zu Ohm und Peps mache ich noch einen kleinen Schlenker an unserer Schule und dem Coffee- bzw. Love2go-Shop vorbei, in der Hoffnung, dass mir noch ein Anmacher über den Weg läuft und meine Forschungen vorantreibt. Ich starre beim Vorbeifahren so ausgiebig in das Schaufenster des Shops, dass ich beinahe einen kleinen Hund überfahre, der vor mir die Straße überqueren will. Im letzten Moment kann ich ihm noch ausweichen und lege mich beinahe auf die Klappe. Ich bin zu Tode erschrocken, werfe das Rad beiseite und entschuldige mich tausend Mal bei dem kleinen Schnuffeltier, das wirklich das süßeste Wesen ist, das ich je gesehen habe. Nicht auszudenken, wenn ich es einfach überfahren hätte! Es ist ein Husky-Baby, das zu hundert Prozent aus Schnuckelpuckel-Substanz zu bestehen scheint. Erst als es mir schwanzwedelnd beteuert, dass alles okay ist, lasse ich meinen Blick an seiner meterlangen Leine entlang bis zu seinem Herrchen schweifen. Würde ich nicht ohnehin schon auf der Straße hocken, dann würde ich spätestens jetzt genau dort in die Knie gehen. Der Besitzer des süßesten Babyhunds der Welt ist niemand anders als Mike Hoffmann! Er grinst mich an und sagt: »Bist du nicht die Neue aus der Parallelklasse? Du scheinst ein ziemlich seltsames Verhältnis zu Hunden zu haben. Ich meine, erst bringst du ihn beinahe um, und dann verliebst du dich mitten auf der Straße in ihn.«

Ich sitze wie vom Donner gerührt da, streichele mechanisch an dem Schnuckelpuckel weiter rum und starre Mike Hoffmann mit offenem Mund an.

Man könnte es ihm nicht übel nehmen, wenn er jetzt grade denkt, dass ich

1. komplett durchgedreht bin und dass ich
2. nicht nur in seinen Hund, sondern auch in ihn verliebt bin.

Darum muss ich ganz schnell etwas tun, um zumindest Punkt zwei zu entkräften.

»Woher weißt du, dass ich neu in der Schule bin? Ich habe dich noch nie da gesehen. Na ja, ich stehe sowieso nicht so auf Jungs«, erkläre ich.

»Oh, dann würde ich an deiner Stelle den Hund da ein bisschen weniger befingern«, meint Mike Hoffmann und grinst.

Dann hält er die Hand an den Mund und raunt mir »Du musst wissen, es ist ein Männchen« zu.

Diese Szene kann ich unmöglich in meinen Blog stellen. Dabei wollte ich doch unbedingt noch einen Erste-Klasse-Beitrag. Aber es reicht nur für folgende Kurzmeldung:

13. Mai, 15.45 Uhr, auf der Straße vor dem Coffeeshop neben unserer Schule

Mike H. kommt mit einem neuen Mädchenverzauberungstrick um die Ecke: einem Babyhund! Mit dem marschiert er wie ein Mädchenmagnet durch die Stadt. Klar, dass jetzt alle vor ihm auf die Knie gehen und kuscheln wollen. Erst mal zwar nur mit dem Hund, aber wenn sie dann schon mal im Dahinschmelz-Modus sind …

Diagnose: Süßer Typ mit noch süßerem Hund gleich doppelter Kindchenschema-Effekt.

Als ich nach Hause komme, sitzt Pepsi mit einem Eis auf dem Sofa und guckt *Spongebob*, während Ohm ihr winzige Zöpfe mit pinken Fäden drin flicht. So viel zum Thema Ohm ist Hexe und Schrulle in einer Person.

Ich gehe hoch in unser kleines Zimmer unter dem Dach, werfe mich aufs Bett und starre auf den Bildschirm meines Laptops. Was soll ich nur schreiben? In meiner Verzweiflung gebe ich bei *YouTube* »Anmachertricks« ein.

Der Film mit den meisten Klicks heißt *Wie man garantiert jede Frau rumkriegt* und ist das ekligste Video aller Zeiten. Ein Pseudo-Checker im Anzug und mit so ein paar pseudo-checkerischen Handbewegungen erklärt, wie man sein »Opfer« klarmacht. Gegen den ist Mike Hoffmann mit seiner Hundebabymasche ein Traummann!

Der Checker faselt die ganze Zeit was vom Alphatier und dass man erst mal das Jagdgebiet abstecken und die Beute ins Visier nehmen muss. Hat man sein Opfer gefunden, soll man ihm direkt in die Augen sehen. Aber nicht länger als drei Sekunden. Und dann sofort hingehen. Denn wenn das Alphamännchen zögert, verliert es seinen Respekt.

Auf Level 2 folgen leichte, zufällig wirkende Berührungen. Der Checker streicht dem Opfer über den Arm oder flüstert ihm etwas ins Ohr, inklusive Haare zur Seite streichen und Kopf berühren. So wie Affen sich erst mal lausen, wenn sie sich treffen.

Wenn das Opfer dann schön entspannt ist, kommt das nächste Super-Mario-Level: die Beute von der Gruppe isolieren. Das Opfer wird von ihren Freundinnen weggelockt, um dann in irgendeiner Ecke ganz dem Täter zu verfallen. Er schaut seiner Auserwählten in die Augen und ist plötzlich so richtig für sie da. Um Harmonie vorzutäuschen (Mr. Ekelhaft sagt echt *vortäuschen*), »spiegelt« er sogar das, was sie tut. Trinkt sie etwas, greift er auch zum Glas. Schlägt sie die Beine übereinander, äfft er das ebenfalls nach.

Das Level-3-Motto lautet: Gib ihr das Gefühl, dass du in sie verliebt bist. Und sie wird sich in dich verlieben! Ich frage mich nur, was so schlimm daran wäre, wenn der große Vortäuscher sich tatsächlich verlieben würde?!

Die ganz hohe Kunst des Verliebtmachens ist dann der Hypno-Talk, eine hypergemeine Methode, um sich in das Bewusstsein des Opfers zu mogeln und sich direkt in ihr Herz zu schleichen. Der Checker fragt die Frau zum Beispiel, ob sie schon mal total verliebt war. Und die Frau erzählt brav von irgendeinem Typen, wobei alle möglichen Liebesgefühle von damals noch mal so richtig schön in ihr hochkochen. Währenddessen zeigt Mr Supergemein ganz unauffällig mit dem Finger auf sich. Das ist angeblich so ein Körpersprache-Trick, weil die Frau jetzt automatisch und ohne es zu merken ihre Gefühle von damals mit dem Idioten von heute verbindet.

Mir ist schlecht.

Ich verspreche mir selbst, dass ich solche abgezockten Blöd-Methoden nicht in meinen Blog schreibe. Nicht mal, um mich über sie lustig zu machen. Das ist echt unter meinem Niveau!

03

AM NÄCHSTEN TAG ruft Sarah Pinguin an. Einfach so. Sarah ist in meiner Klasse und wurde gerade von ihrer besten Freundin gegen eine andere beste Freundin ausgetauscht. Sie ist sozusagen frisch verlassen und auf der Suche nach einer neuen besten Freundin. Vielleicht ja nur um nicht so alleine auf dem Schulhof rumzustehen. Aber mir soll's recht sein, ich stehe auch nicht grade auf Alleine-Rumstehen.

»Hey, Schwester«, sagt sie. Sarah findet es cool, ihre Freundinnen Schwester zu nennen.

»Um sechs treffen sich Nelson und so auf dem Mediapark-Spielplatz.«

Nelson Zint ist ein Junge aus der Parallelklasse. Ein Sitzenbleiber, den alle irgendwie cool finden, weil er im Unterricht nie was sagt. Selbst wenn er drangenommen wird und die Frage megaeinfach ist. Nelson riskiert lieber, ein zweites Mal sitzen zu bleiben, als vor uns auch nur einen Hauch von einem Streberverdacht aufkommen zu lassen.

Ich sage Sarah, dass ich zum Spielplatz mitkommen werde. Wer weiß, vielleicht kommt mir ja da die Idee für einen ultimativen neuen Blog-Eintrag.

Ohm gegenüber behaupte ich, noch mal wegzumüssen, um Sarah Pinguin bei den Hausaufgaben zu helfen. Pepsi will plötzlich auch raus. Sie ist angeblich bei Lelle, einem Mädchen aus dem Kindergarten, zum Abendessen eingeladen. Ohm findet, dass ich Pepsi bringen und wieder abholen soll. Auf dem Weg zu Lelle bummelt Peps, was das Zeug hält.

»Ich wusste gar nicht, dass du schon eine Freundin hast«, sage ich und nehme sie an der Hand. »Ich dachte, hier sind alle Leute doof.«

Peps lässt sich ziehen. Sie behauptet, Lelle wäre gar keine Freundin. Sie wollte nur nicht ohne mich bei der blöden Ohm rumhängen, sagt sie.

»Wie jetzt, du bist gar nicht eingeladen?«

»Doch, ein bisschen schon«, behauptet Peps.

Als wir endlich bei Lelle klingeln, macht deren große Schwester auf. Sie ist völlig überrascht und wusste nichts von Peps Besuch. Und Abendessen gibt es natürlich auch nicht, weil Lelles Eltern gar nicht da sind. Aber wenigstens ist Lelle zu Hause, und ich muss Peps nicht mit auf den Spielplatz zu Sarah Pinguin und Nelson Zint nehmen.

Wegen Peps komme ich ganze zwanzig Minuten zu spät bei der Kletterspinne im Mediapark an. Sarah ist schon da, würdigt mich aber keines Blickes. Wahrscheinlich hält sie mich für undankbar, weil ich es nicht nötig habe, bei unserer ersten Verabredung pünktlich zu kommen. Nelson Zint kommt allerdings noch später, und deshalb ist es natürlich auch cool, dass ich nicht so pflichtbewusst auf die Minute genau hier erschienen bin. Das macht Sarah wahrscheinlich noch wütender.

Als Nelson angeschlendert kommt, hält er eine Zigarette zwischen den Fingern und tut so, als wäre es das Normalste von der Welt, mit fünfzehn zu rauchen. Klar müssen die anderen jetzt auch so tun, als wäre Rauchen voll normal und nicht der Rede wert. Darum traut sich auch niemand, ihn auf die Zigarette anzusprechen. Es ist fast peinlich, ihn überhaupt anzugucken!

Außer Sarah und mir sind noch drei Mädchen aus der Parallelklasse da: Bella, Bianca und Ann-Caterine. Die drei sitzen auf dem Boden unter der Kletterspinne, haben sich die Schuhe ausgezogen und graben ihre frisch lackierten Zehen in den Sand. Als Nelson sich nähert, tun sie so, als hätten sie keine Sekunde auf ihn gewartet. Sie machen einfach weiter mit dem Zehenbuddeln und dem Leicht-gelangweilt-Sein. Dennoch sitzen sie plötzlich viel aufrechter und fahren sich ständig mit den Händen durch die Haare.

Als Langsam-Geher-Nelson endlich bei uns angekommen ist, nickt er einmal in die Runde. Er lässt seinen Blick flüchtig an jedem von uns vorbeischweifen. Nur bei mir bleibt er eine Sekunde hängen. Vielleicht hat er mich in der Schule ja noch gar nicht bemerkt und weiß einfach nicht, wer ich bin.

»Das ist Mel«, sagt Sarah Pinguin in einem leicht abfälligen Ton. Wohl damit keiner denkt, sie hätte mich eingeladen – nur für den Fall, dass ich von Nelson uncool gefunden werde. Aber Nelson denkt gar nicht daran, mich irgendwie zu finden. Er nickt leicht versonnen, zieht an seiner Kippe und holt das schnurrende Handy aus seiner Hosentasche. Sein Blick streift das Display genauso beiläufig, wie er uns eben gestreift hat. Dann steckt er das surrende Ding wieder zurück in die Tasche. Die Mädels inklusive Sarah Pinguin haben die Szene aus den Augenwinkeln verfolgt. Ich tue so, als hätte ich eine SMS bekommen, auf die ich dringend antworten müsste, und tippe das weitere Geschehen live in meinen Blog:

13. Mai, 18.30 Uhr, Mediapark-Spielplatz

Nelson Z. hat in jedem Fall eine ganz andere Masche als Mike H. Während Mike sich total verausgabt, macht Nelson genau das Gegenteil. Er schweigt zu neunzig Prozent der Zeit und haut nur ab und zu mal einen Spruch raus. Als Ann-Caterine zum Beispiel ihren Hintern abklopft und meint, sie hätte **Sand am Po**, kommentiert Nelson Z.:

»Oh, IMPOSANT!«

Alle lachen, Ann-Caterine wird ein bisschen rot, und selbst ich bin beeindruckt.

Wahrscheinlich hat Nelson zu Hause so eine Sprücheliste für jede Lebenslage, die er abends beim Zähneputzen auswendig lernt. Und dann wartet er einfach, bis das Leben ihm eine Vorlage bietet, und er haut den passenden Spruch dazu raus. Zack, Volltreffer! Vielleicht ist er wie diese Fußballspieler, die immer nur vor dem Tor rumlungern und warten, dass ihnen jemand den Ball direkt vor den Fuß legt. Und

dann schlagen sie zu und heimsen den ganzen Ruhm ein, während die anderen Spieler sich neunzig Minuten lang abrackern.
Dagegen ist Mike H. ja geradezu sympathisch!

Außer Nelson und uns Mädchen sind natürlich auch noch ein paar andere Jungs zur Kletterspinne gekommen. Paul, Lomo, Niko und Firat. Alles Statisten. Sie bewundern Nelson genauso wie die Mädchen, auch wenn sie nicht ständig die Haare dabei schütteln und mit den Augen klimpern. Dafür versuchen sie, sprüchemäßig irgendwie mitzuhalten. Meistens gelingt ihnen aber kein einziger Witz, den man nicht schon irgendwo mal gehört hätte. Und wenn sie doch irgendeinen Lacher kassieren, dann wiederholen sie ihre Pointe so oft, bis sie wirklich keiner mehr hören kann.

Oder sie spielen sich mit irgendwelchen an den Haaren herbeigezogenen Behauptungen auf und reiten dann stundenlang auf ihnen herum. Lomo behauptet zum Beispiel, es gäbe abends Wildschweine auf dem Spielplatz. Sie würden sich in den kleinen Häuschen verstecken, in denen die Kinder tagsüber ihre Sandkuchen backen. Da würden sie dann komische Geräusche machen. Hi, hi, wir wüssten schon … So Stöhnen und Grunzen und so.

Nelson wirft Lomo einen seiner viel- und doch auch wieder nichtssagenden Blicke zu. Dann zieht er halb verächtlich und halb anerkennend eine Augenbraue hoch.

Lomo, der sich wohl irgendwie eindeutigere Zeichen der Anerkennung versprochen hat, versucht noch einen draufzusetzen.

»Seid mal alle still«, sagt er mit aufgerissenen Augen. »Ich glaube, ich hab was gehört!«

Er legt den Finger auf den Mund und schaut ernst in die Runde. Für einen Moment ist es tatsächlich still, und man kann auch wirklich ein paar Geräusche hören. Ein seltsames Gluckern und Gickern kommt aus einem der bunten Häuschen. Hört sich nicht besonders nach Wildschwein an. Allerhöchstens nach Babywildschwein.

»Was hab ich euch gesagt!«, flüstert Lomo. »Da sind sie auch schon. Wer traut sich, auf einem der Schweine zu reiten?«

Nelson schnippt seine bis zum Filter runtergerauchte Zigarette weg. Dann zieht er zur Abwechslung mal beide Augenbrauen hoch. »Sind wir hier auf dem Ponyhof?«, nuschelt er versonnen. Er hat es noch nicht mal nötig, aufzuschauen und nachzugucken, wie sein Spruch bei den anderen ankommt. Lomo ist trotzdem nicht mehr zu bremsen.

»Wollt ihr jetzt nur rummemmen, oder was?«, will er wissen und macht sich kurz entschlossen selber auf den Weg.

Je näher er dem Häuschen kommt, desto langsamer werden seine Schritte und desto weniger ist zu hören. Paul und Firat gucken sich an und nicken. Dann machen sie halbherzig ein paar Schritte in Lomos Richtung. In dem Moment geht ein kleiner Ruck durch Lomos aufgeschossenen Körper. Er erreicht den Eingang des Häuschens und steckt seinen Kopf rein. Im selben Moment gellt ein schreckliches Kreischen über den Spielplatz. Es erinnert mich an das spitze Aufjaulen von unserem Nachbarshund, dem Ohm aus Versehen mal auf den Schwanz getreten ist.

Lomo macht einen Satz nach hinten und stolpert über seine eigenen ungelenken Giraffenbabybeine. Als er sich wieder aufgerappelt hat, ist es ganz still. Todesmutig steckt er seinen Kopf ein zweites Mal in die Bude. Dann verschwindet der ganze lange Lomo in dem Häuschen und zerrt zwei zappelnde und schreiende Mädchen heraus.

»Seht euch das mal an!«, ruft er triumphierend. »Seht mal, wen ich hier gefunden habe.«

Die beiden Mädchen blicken ängstlich zu uns herüber.

»Wir haben nicht gelauscht, ehrlich nicht!«, sagt die eine.

»Wir waren doch viel zu weit weg, wir konnten gar nichts verstehen!«, fügt die andere hinzu. »Und das mit dem Rauchen haben wir eigentlich auch nicht gesehen. Und reden tun wir schon mal gar nicht darüber. Mit niemandem!«

Das eine Mädchen ist meine Schwester Pepsi und das andere ihre angebliche neue Freundin Lelle.

»Kennt jemand diese beiden Spanner?«, ruft Lomo zu uns rüber.

In dem Moment lässt Peps ihre Freundin einfach stehen und kommt zu uns herübergerannt. Sie springt an mir hoch und schlingt die Arme um meinen Hals.

»Nicht böse sein!«, flüstert sie mir ins Ohr. »Wir sind euch hinterhergeschlichen. Ich wollte einfach nur bei dir sein und nicht alleine bei Ohm bleiben.«

Ich spüre ihren heißen, schnellen Atem an meinem Hals. Peps riecht nach Erdbeerkaugummi und nach Peps natürlich. Einen Moment vergrabe ich mein Gesicht in ihrem Haar, weil ich Angst habe, die anderen anzusehen. Als ich wieder aufschaue, trifft mich Sarahs Blick. Sie hat die Augen halb geschlossen, wie unsere Mathelehrerin es immer macht, wenn sich jemand an der Tafel blamiert hat. Die anderen schauen eher verwundert. Lomo steht sogar der Mund ein bisschen offen. Nur Nelson grinst. Er steckt sich eine neue Zigarette an und sagt: »Das mit dem Rauchen, das haben wir eigentlich auch nicht gesehen …«

Lelle, die immer noch verloren neben Lomo steht, schleicht mit gesenktem Kopf zu uns herüber, während Peps gar nicht daran denkt, mich wieder loszulassen und ihrer neuen Freundin beizustehen.

»Das ist Pepsi, meine Schwester«, erkläre ich in die Runde. »Und das ist ihre Freundin Lelle.«

»Und was woll'n die beiden Zwerge hier?«, will Lomo wissen. »Das ist schließlich kein Kindergarten!«

»Keine Ahnung, tolle Typen ausspionieren? Ein paar coole Sprüche klauen?«, sage ich. Irgendwie ist mir jetzt auch alles egal.

Nelson grinst immer noch, während ich mich mit Pepsi am Hals und Lelle im Schlepptau auf den Heimweg mache. Sarah kommt natürlich nicht mit. Sie verabschiedet sich noch nicht mal richtig, sondern nickt mir nur zu. Jetzt sieht es so aus, als wäre ich uneingeladen auf diesen blöden Spielplatz gekommen und hätte dieser coolen Clique auch noch den Kindergarten auf den Hals gehetzt. Egal. Nur nicht schlappmachen. Obwohl Peps mindestens so schwer ist wie die Wackersteine im Bauch von Rotkäppchens Wolf, gehe ich mit geradem Rücken und festen Schritten, bis wir außer Sichtweite sind.

Es gelingt uns, Lelle wieder zu Hause einzuschleusen, ohne dass ihre große Schwester auch nur ein Mal vom Fernseher aufblickt. Peps hängt an meiner Hand und fühlt sich kein bisschen schuldig.

»Nicht so schnell, mein Fuß tut weh!«, jault sie und fängt auch noch an zu humpeln.

»Peps, hör zu, wir können so nicht weitermachen. Ich kann dich nicht ständig überall raushauen. Du musst schon ein bisschen alleine klarkommen!«

Pepsi lässt meine Hand los und setzt sich auf den Boden. »Muss ich gar nicht«, sagt sie und verschränkt die Arme vor der Brust. »Ich muss pipi-kacka-gar-nicht alleine klarkommen. Ich bin ein Kind. Und Kinder können gar nicht alleine klarkommen!« Dann fängt sie an zu weinen. Typisch Peps. Sie macht den größten Blödsinn, und dann dreht sie die Sache so, dass ich ein schlechtes Gewissen bekommen soll.

»Wenn du jetzt nicht kommst, gehe ich alleine zu Ohm, und du kannst hier draußen übernachten«, sage ich.

Peps schüttelt den Kopf. »Tust du ja doch nicht.«

In dem Moment kommt eine SMS von Sarah Pinguin:

Erst lässt du mich hier warten, und dann bringst du auch noch deine kleine Schwester mit! Echt peinlich!

Ich stecke das Handy wieder in die Hosentasche und gehe einfach los, ohne mich noch einmal nach Pepsi umzuschauen. Ich gehe so schnell, dass sie echt Mühe hätte, wenn sie mit mir mithalten wollte. Einen Moment lang überlege ich sogar, gar nicht zu Ohm zurückzugehen. Ich könnte zum Bahnhof laufen und den nächsten Zug nach Hause nehmen. Mama wäre gar nicht da, aber den Haustürschlüssel trage ich immer bei mir.

Doch dann hätte Ohm den größten Stress ihres Lebens. Beide Kinder wären weg. Wahrscheinlich würde sie die Polizei alarmieren, und die würde mich dann in Mamas Wohnung aufstöbern. Alles in allem eine unnötig blöde Aktion.

Nachdem ich schon ungefähr einen Kilometer mit eisernem Schritt marschiert bin, drehe ich mich abrupt um und blicke hinter mich. Peps springt vor Schreck in einen Hauseingang.

»Glaub ja nicht, ich hole dich da raus!«, rufe ich, drehe mich auf dem Absatz wieder um und laufe einfach weiter.

Bei Ohm angekommen, lasse ich die Haustür für Peps offen stehen und verziehe mich schnurstracks mit dem Laptop ins Bett. Tatsächlich gelingt mir noch ein weiterer kleiner Blog-Eintrag zum Thema *Herzen abräumen mit Minimalaufwand: Nelson Z.*

Als Peps nach einer halben Stunde immer noch nicht in unserem Zimmer aufgetaucht ist, schleiche ich mich in den Flur und wage einen heimlichen Blick ins Wohnzimmer. Sie ist auf dem Sofa eingeschlafen und wird grade von Ohm zugedeckt.

04

VIELLEICHT SOLLTE ICH AUCH MAL AUTORIN WERDEN und dann solche Kurse anbieten wie *Schreiben lernen bei der Schriftstellerin zu Hause.* Dann kommen mich die ganze Zeit Leute besuchen, die mich bewundern und zu mir aufblicken und dafür noch einen Haufen Kohle bezahlen. Sie finden wahrscheinlich meine Wohnung super – nur weil es die Wohnung einer echten Schriftstellerin ist. Und sie haben im besten Falle selbst gute Sachen geschrieben, die mich wiederum auf noch tollere Ideen bringen. Ich wäre der Chef und könnte auch noch an den Texten der anderen rummäkeln, wenn mir irgendetwas nicht passte. Eigentlich ein optimales Leben.

Als ich am Mittwoch meinen durchsichtig lackierten Zeigefinger auf Emily Dickhaus' Klingelknopf drücke, ist meine Bewunderung für die Autorin von *Männer, die baggern, beißen auch* auf dem Höhepunkt. Ich bin extra fünf Minuten zu früh, damit ich Frau Dickhaus noch einen aufregenden Moment lang für mich habe. Aber es zeigt sich, dass alle auf diese geniale Idee gekommen sind und ich die Letzte bin!

Die drei anderen Kursteilnehmerinnen sitzen schon

am Küchentisch, halten sich an ihren Teetassen fest und wirken zwanghaft ungezwungen.

Ich werde von fast allen freundlich begrüßt. Emily Dickhaus legt den Arm um mich, eine Frau mit Damenbart und Goldbrille namens Irene hält mir ihre warme, fleischige Hand entgegen, und eine dritte Lady stellt sich stolz mit ihrem Künstlernamen vor: Ella Danella.

»Kindchen, dass du in deinem Alter schon das Mann-Frau-Thema auf dem Schirm hast …«, sagt sie halb anerkennend und halb ungläubig.

Nicht ganz so herzlich ist die einzige Jüngere in der Runde. Sie heißt Ruth und mustert mich aus kleinen, unruhigen Augen. Mit dem spitzen Gesicht und ihren langen, gebogenen Fingern sieht sie ein bisschen aus wie ein Greifvogel.

Emily Dickhaus, die ab sofort auch von mir nur noch Emily genannt werden möchte, findet es »schön«, dass wir uns durch meine Anwesenheit jetzt noch mehr »verjüngen«. »Ruth ist mit ihren siebzehn Jahren ja schon ein ganz schön junger Hüpfer«, meint Emily. »Aber Mel ist noch ein echtes Küken.«

Sie zwinkert mir mit ihren Katzen-Kontaktlinsen zu, drückt mir ebenfalls eine Teetasse in die Hand und setzt mich neben Irene, die Frau mit dem Oberlippenbart.

Irene fängt auch gleich an, ihren neuen Text vorzulesen. Erstaunlicherweise handelt er von weiblicher Behaarung, die in China inzwischen eingesetzt wird, um Perverslinge abzuschrecken.

»Frauen im öffentlichen Raum, die sich vor übergriffigen Männern schützen wollen, sollten sogenannte Anti-Pervert-Leggins tragen, also hautfarbene Strumpfhosen, in die eine affenartige Beinbehaarung eingewebt ist«, liest Irene, während sich unter den Bügeln ihrer Goldbrille etwas Schweiß bildet. »Außerdem empfehle ich, in der Handtasche neben Pfefferspray und Elektroschocker immer auch ein Gebiss mit verfaulten Zähnen mitzuführen, das, im Bedarfsfall angezogen, auch den gewaltbereitesten Aggressor in die Flucht schlägt.«

Puh, Irene geht ganz schön zur Sache. Ich überlege, ob ich jemals in meinem Leben in eine Situation gekommen bin, in der ich das faulige Gebiss und die haarigen Leggins gerne angehabt hätte. Gott sei Dank nein. Außerdem muss ich noch ein bisschen über das Wort Aggressor nachdenken und dabei die ganze Zeit auf Irenes Damenbart starren, der beim Sprechen ständig die Form verändert. Ich frage mich, ob auch der vielleicht gar nicht echt ist und nur zur Abschreckung angeklebt wurde. Um eventuelle Aggressoren in die Flucht zu schlagen.

Als Irene fertig ist, blickt sie aufgeregt in die Runde. Alle nicken, und darum nicke ich auch.

Von unserem Wohlwollen angestachelt, erklärt sie, dass sie grade eine Umschulung macht. Irene will nicht länger im Callcenter einer Versicherung sitzen, sondern möchte in Schulen »Gewaltvermeidungskurse für Mädchen« leiten.

»Was meinst du, Mel?«, fragt sie aufgeregt in meine

Richtung. »Ist das nicht eine tolle Idee? Willst du so einen Kurs nicht in deiner Schule mal anregen? Ich könnte auch erst mal einen Schnupperkurs zum Kennenlerntarif anbieten!«

Für einen Moment bin ich echt sprachlos. Gott sei Dank rettet mich Emily, der es gar nicht in den Kram passt, dass ihr Schreibseminar für Geschäftsanbahnungen genutzt wird. Immerhin sind wir hier, um ihre Geschäftsidee voranzutreiben, und nicht, um uns neue Jobs für uns selbst auszudenken.

Als Nächstes ist Ella Danella an der Reihe. Ella liest eine ellenlange Kurzgeschichte mit dem Titel *Nicht ohne* vor, die fast bis zum Schluss von einem Mann handelt, der zum Verlieben sein soll. Seine Vorzüge werden echt umständlich beschrieben, und bei näherer Betrachtung sind es gar keine wirklichen Vorzüge. Ein Bart, zum Beispiel, dessen Spitzen so weich und dünn sind wie eine Babybürste. Oder seine sanfte Stimme, die auf dem Trommelfell zergeht wie Champagnertrüffel auf der Zunge.

Ich fühle mich irgendwie unwohl beim Zuhören und will mir das gar nicht alles vorstellen. Auch Irene und Ruth sitzen schlapp rum und starren auf die Tischplatte. Doch am Ende kippt die Geschichte, und der Babybürsten-Bartträger entpuppt sich als mieser Lügner und Betrüger mit Doppelleben und den fiesesten Charaktereigenschaften. Ella Danella endet mit dem Satz: »Ich werde nie wieder mit ihm leben können, aber auch nicht ohne ihn!«

Dann schweigen wir ein bisschen, bis Ella sichtlich

nervös wird und meint, ihre Geschichte noch weiter erklären zu müssen. Der Titel *Nicht ohne* sei natürlich doppeldeutig gemeint, sagt sie. Und dass die Frau in ihrer Geschichte »nicht ohne« ihren Geliebten leben kann, dass dieser Geliebte gleichzeitig aber auch »nicht ohne« ist. Also ein echter Hallodri.

Ich mag es nicht besonders, wenn Leute einem erklären, was sie »eigentlich« sagen wollen. Das ist fast noch schlimmer als Leute, die an der Supermarktkasse immer passend zahlen müssen, oder solche, die nach dem Autoabschließen prüfen, ob die Autotür auch wirklich zu ist. Aber irgendwie tut mir Ella-Danella-Künstlername auch leid. Vielleicht, weil sie insgesamt so gerne schlau und doppeldeutig wäre. Aber das ist sie leider nicht, und das kann einen dann schon traurig stimmen.

Dann bin ich dran mit Vorlesen. Emily schaut mich ermunternd an und hebt die Teetasse! »Dann also zu unserem Küken, ich bin so gespannt!«, sagt sie.

Irene und Ella nicken, und Ruth zieht bedeutungsvoll die Augenbrauen hoch. Sie wirkt dabei allerdings nicht annähernd so cool wie Nelson Zint.

Ich lese neben ein paar alten Forschungsergebnissen die beiden neuesten Posts über Mike und Nelson vor. Die Texte habe ich extra ausgedruckt, damit niemand sieht, dass sie schon online stehen. Immerhin sollen wir hier ja das Schreiben erst lernen. Und vielleicht käme es überheblich rüber, wenn ich jetzt schon meine Sachen in die Öffentlichkeit raushaue, obwohl ich doch eigentlich noch eine Anfängerin bin.

Als ich fertig gelesen habe, gucke ich von einem zum anderen. Emily nickt mir anerkennend zu. »Alle Achtung!«, meint sie. »Sehr fein beobachtet, das alles. Du bist ja ein echtes Naturtalent!«

Die anderen sind nicht ganz so großzügig mit ihrer Bewertung. Ella Danella ist der Meinung, die Icherzählerin wäre ja offensichtlich eine »Stalkerin« und damit »psychisch krank«. Sie findet es allerdings »beachtlich«, dass ich mich in so eine »kranke Seele« hineinversetzen kann. »Wow, deine Phantasie möchte ich haben, Schätzchen!«

Irene hingegen schüttelt den Kopf und meint, stalken würde man nur, wenn man in jemanden krankhaft verliebt sei. Aber meine »Icherzählerin« sei ja eine »Anti-Lieberin«. Jemand, der aus gutem Grund vor ungeprüftem Verlieben warnt.

Ich bin ganz schön geschockt, wie die beiden mich sehen. Und dass sie gar nicht kapieren, dass ich und meine Icherzählerin ein und dieselbe Person sind. Bin ich eine Anti-Lieberin? Oder gar eine Stalkerin?

»Den Begriff Stalking finde ich auch nicht angebracht an dieser Stelle«, rettet mich Emily. »Es geht doch eher um eine Beobachtungsgabe, auch wenn sie aus dem Hinterhalt stattfindet. Mels Figur ist eine Detektivin im Auftrag aller Mädchen dieser Welt.«

Alle nicken ein bisschen eingeschüchtert, und keiner traut sich, Einspruch zu erheben.

Es entsteht ein kleines, unangenehmes Schweigen, und dann sind plötzlich alle Augen auf Ruth, den »jungen Hüpfer«, gerichtet, weil sie noch gar nichts zu meiner Geschichte gesagt hat. Ruth räuspert sich und fingert an ihrer schmalen Nase herum. Dann schaut sie mich plötzlich an und sagt: »Schon krass, dass du einen Text schreibst, den du nie veröffentlichen kannst.« Ruth legt eine bedeutungsvolle Pause ein und klopft mit den langen Greifvogelklauen auf dem Tisch herum. Sie scheint es zu genießen, dass wir auf ihre Begründung warten, die sie nach ihrem Klopfkonzert genüsslich nachreicht: »Ich meine, du schreibst ja in deinem Text alles genau so, wie es im wahren Leben ist. Nehme ich jedenfalls mal an. Vielleicht ja sogar mit Originalnamen und so. Du hättest sofort Klagen am Hals und müsstest Unmengen an Entschädigung für die Opfer bezahlen, wenn du das …«

In dem Moment stellt Emily Dickhaus ihre Tasse laut auf dem Tisch ab und sagt: »Das Thema Veröffentlichung würde ich mal ganz weit hintenanstellen! Es geht doch erst mal darum, das zu schreiben, was uns am Herzen liegt. Was wir erleben, was wir kennen, worüber wir etwas sagen können.« Emily zwinkert mir zu. »Veröffentlichung ist ein ganz anderer Schritt. Und glaubt mir, es gibt so viele Wege und Tricks, Figuren zu verändern, sodass sie kein Mensch wiedererkennt.«

Dann schaut sie wie zufällig auf die Uhr und stößt ein überraschtes »Oh!« aus. »Unsere Zeit ist schon um! Das verging ja wieder wie im Flug!«

Tatsächlich sind punktgenau zwei Stunden vergangen, und wir werden extrem freundlich, aber bestimmt vor die Tür gesetzt. Ein bisschen fühlt es sich an wie bei dem Familientherapeuten, zu dem Mama, ich und Pepsi vor ein paar Monaten gegangen sind. Der hat total auf dicke Freunde gemacht, aber immer nur ganz genau fünfundvierzig Minuten lang. Danach wollte er nichts mehr von uns wissen, nicht einen einzigen Satz wollte er mehr hören. Wir sollten uns alles, was es noch zu sagen gab, gut merken, um es dann beim nächsten Treffen vorzutragen.

»Nächste Woche ist dann Ruth als Erste dran«, erklärt Emily und tut so, als würde sie Ruths vor Wut bebende Nasenflügel gar nicht bemerken. »Bin schon sehr gespannt auf deinen Text«, sagt sie, legt eine Hand auf Ruths hochgezogene Schulter und begleitet uns ohne Umwege zur Tür, die Sekunden später hinter uns ins Schloss fällt.

Im Treppenhaus schauen wir uns alle vier verloren an. Irgendwie ist das ganze Gruppengefühl futsch. Dafür spüre ich wieder Ruths Feindseligkeit. Aber immerhin ist sie die Einzige, die gemerkt hat, dass ich aus meinem wahren Leben geschrieben habe – hautnah und eins zu eins.

05

DIE KOMMENDEN TAGE bin ich damit beschäftigt, irgendwo neuen Stoff für den Schreibkurs nächste Woche aufzustöbern. Aber nirgends gibt es Anbagger-Situationen zu belauschen – es ist wie verhext. Und dann werde ich auch noch in der großen Pause von Mike Hoffmann persönlich angesprochen. Ich stehe gerade mit Sarah Pinguin herum, die mir aus unerfindlichen Gründen meinen peinlichen Spielplatzauftritt verziehen hat. Ob ich ihr ihre blöde Nummer verziehen habe, weiß ich noch nicht so genau. Aber wenn ich die Pausen nicht alleine verbringen will, darf ich im Moment wohl nicht allzu nachtragend sein.

Sarah will mit mir über Nelson Zint reden – da kommt Mike um die Ecke. Er will gerade schon an uns vorbeigehen, als er mich aus den Augenwinkeln erkennt. »Hey, Mel! Du heißt doch Mel, oder?«

Ich bin ganz schön baff! Aber noch baffer ist Sarah, die natürlich nicht damit rechnet, dass so ein peinliches Mädchen wie ich von dem allseits begehrten Schmunzelhasen angesprochen wird. Und dann auch noch mit Namen!

Mike, der Profi-Mädchenversteher, wartet gar nicht auf eine Antwort. Er lässt einfach weiter seinen Charme für sich sprechen.

»Ich hab dich neulich gesehen, als du deine kleine Schwester im Kindergarten abgeholt hast«, behauptet er. »Und sie hat dich Mel genannt. Jedenfalls war das einer der Namen, den sie für dich hatte. Die anderen behalte ich jetzt mal lieber für mich.«

Der Schmunzelhase schmunzelt, Sarah starrt fasziniert auf seine Zahnlücke, und ich überlege fieberhaft, ob man aus dieser Situation einen Blog-Eintrag machen kann.

»Und du hast uns einfach so belauscht?«, frage ich streng.

»Belauscht würde ich es nicht nennen. Ich saß nur zufällig am anderen Ende der Garderobe und habe meinem kleinen Bruder geholfen, die Schuhe zuzumachen. Konnte mich aber nicht bemerkbar machen, weil Lionel mir den Mund mit Tesa zugeklebt hatte.«

Sarah lacht und schüttelt ihr Haar, so wie die drei Mädchen auf dem Spielplatz neulich abends, als Nelson Zint angetrabt kam. Sie ist Mike offensichtlich auf der Stelle verfallen.

»Was waren das denn für Namen, die Mels Schwester sonst noch so für Mel draufhatte?«, will sie wissen. Und als Mike so ein Gentleman-Grinsen und -Schweigen an den Tag legt, fängt sie tatsächlich an zu betteln. »Och, sag doch, biiitte!«

Damit Mike nicht noch weiter bei Sarah punkten kann, zähle ich schnell selbst ein paar von den

Schimpfwörtern auf, mit denen Peps mich gerne empfängt, wenn ihr irgendetwas nicht passt.

»Plumpskuh? Pupsgesicht? Oder Doofkopf vielleicht?«

Mike nickt und tut betroffen. »Nicht dass du denkst, ich hätte diese Kosenamen jemals verraten!«, sagt er in meine Richtung.

Sarah gickert vor Freude.

Und dann fragt Mike mich doch tatsächlich, ob ich Lust hätte, am Samstagnachmittag seinen Baby-Husky zu betreuen.

»Ich soll **was**?«

»Na ja, ich dachte, du und Dr. Struppi, das war doch Liebe auf den ersten Blick. Und mein kleiner Bruder hat am Samstag ein Fußballturnier. Da muss ich mit ihm hin, hab ich versprochen. Aber Dr. Struppi kann ich echt nicht mitnehmen. Der würde doch am Spielfeldrand total ausrasten, weil er noch ein Baby ist und überhaupt nicht erzogen …«

Ich sage, dass ich es mir überlegen werde, und frage mich, ob das Hundebabyverleihen jetzt mit zu seiner Masche gehört.

»Also, wenn du ihn nicht willst, nehme ich ihn«, erklärt Sarah Pinguin und formt ihren Mund zu einem Lächeln, das die Welt noch nicht gesehen hat.

Mike atmet erleichtert auf. »Ihr seid echt meine Rettung!«, meint er, und Sarah schlägt vor, dass wir den Hund auch gemeinsam bespaßen können. Ich bin einverstanden, schon weil ich hoffe, auf diese Weise einen neuen Blog-Eintrag über Mike zustande zu bringen. Das Einzige, was mir ein bisschen Sorgen macht, ist die Bemerkung von Ruth, von wegen Klagen und so.

Was, wenn Mike jemals von meinem Blog erfährt und sich dort wiedererkennt? Dann wüsste er doch spätestens bei der Hundegeschichte, dass ich es bin, die ihn durchschaut und verraten hat. Ich oder Sarah Pinguin. Ich muss unbedingt anfangen, meine Figuren zu verfremden, so wie Emily Dickhaus es angedeutet hat.

Abends skypen Peps und ich mit unserer Mutter. Mama ist in Singapur in irgendeinem Hotelzimmer. Sie hat sich eine kleine Flasche Sekt aus der Minibar aufgemacht und trägt auf dem Kopf einen Turban aus einem weißen Hotelhandtuch.

»Na, ihr Hasen, wie geht's, wie steht's?«, fragt sie müde. Eine Steilvorlage für Peps, um unserer Mutter das Herz schwer zu machen.

»Pipi-kacka geht's«, sagt sie. »Ich will nach Hause, du sollst uns sofort abholen. Sonst gehe ich nie wieder zur Schule, und essen tue ich auch nix mehr!«

Ich lege meine Hand in Pepsis Nacken und deute mit einem ganz leichten Zangengriff an, dass sie sich benehmen soll. Aber Peps ist nicht zu bremsen.

»Ohm kommt nicht mit uns klar!«, behauptet sie eiskalt. »Die ist viel zu alt und hat überhaupt keine Ahnung von Kindern. Und Mel kümmert sich auch nicht mehr um mich. Die trifft sich immer nur mit ihrer neuen Freundin, die Pinguin heißt. Oder sie geht in so einen voll blöden Schreibkurs mit uralten Tanten.«

Mama lässt die Mundwinkel nach unten sacken, während ich meinen Zangengriff noch ein bisschen verschärfe. Aber Peps ruft nur: »Aua, du Plumpskuh!«, und haut mir den Arm weg.

Mama stöhnt.

»Neulich hat Mel mich sogar im Park einfach sitzen lassen. Obwohl es schon dunkel war. Nur weil mir der Fuß wehtat und ich nicht so schnell laufen konnte wie sie!«

»Mel, sag du mal was«, sagt unsere Hotelmutter auf dem Bildschirm.

Ich schüttele nur den Kopf. Eigentlich würde ich am liebsten meiner Schwester eine knallen und den blöden Klapprechner ebenfalls zuknallen. Stattdessen bete ich irgendwelche beschwichtigenden Sätze runter. »Mach dir keine Sorgen, Mama. Wir kommen schon klar. Peps ist heute mal wieder etwas krawallig. Sie legt sich mit jedem an. Du weißt schon, wie Dr. Fischer das auch gesagt hat. Peps steigert sich immer in alles rein. Und sie muss lernen, sich wieder rauszusteigern oder so.«

Ich wusste, dass meiner Schwester diese Sätze nicht gefallen würden. Aber wenigstens habe ich Mama für eine Sekunde zum Lächeln gebracht.

»Ach ja, der gute Dr. Fischer«, sagt sie und nickt ein bisschen vor sich hin.

Pepsi hingegen kocht inzwischen vor Wut. »Doktor Fischpups ist genauso doof wir ihr alle. Ich bin gar nirgends reinversteigert. Und ich versteiger mich auch nicht wieder raus!«

Jetzt muss Mama noch ein bisschen mehr grinsen,

was natürlich noch mehr Wut bei Peps auslöst. Sie tritt mir gegen das Bein, klappt den Laptop mit Karacho zu und läuft heulend zu Ohm in die Küche.

Vorsichtig mache ich den Rechner wieder auf. Mama sitzt immer noch da mit ihrem Turban und hat das Gesicht in beide Hände gestützt.

»Ich komm euch am Wochenende besuchen«, meint sie. »Kannst du den kleinen Krawallbolzen bis dahin in Schach halten?«

Ich zucke mit den Schultern.

»Mel, ich weiß, was du da leistest. Und ich würde mir wünschen, es wäre nicht so, mein Engel.«

»Ist okay«, behaupte ich. Dabei ist eigentlich gar nichts okay. Aber irgendwas hält mich davon ab, zu fordern, dass Mama auf der Stelle ihren Job kündigt und wieder nach Hause kommt. Keine Ahnung, was es ist. Der Schreibkurs? Der Blog? Der Babyhund? Ich verstehe mich selbst nicht mehr. Vielleicht will ich es Mama ja auch nicht noch schwerer machen …

In dem Moment klopft es an der Hoteltür, und meine Mutter wird ganz nervös. Sie schaut in den Bildschirm wie in einen Schminkspiegel und zupft panisch an dem Turban. »Oh Gott«, sagt sie. »Da hat's geklopft.«

Sieht nicht so aus, als wäre es der Zimmerservice. Ich hoffe nur, sie hat sich nicht ernsthaft verknallt. Denn Verlieben ist bei ihr immer der Anfang von irgendeiner Katastrophe. Mama ist so ein frei fliegendes Atom, das keine richtigen Bindungen eingehen kann. Ihre Bindungen sind ein bisschen wie Wasser, das sich bei Temperaturschwankungen in Luft auflöst oder zum

Eisklotz wird. Trotzdem versucht sie es immer wieder. Alle zwei Jahre dockt sie bei irgendeinem Typen an, und es bildet sich so ein flüchtiges Molekül.

Letztes Mal war es so ein blöder Pilot-Idiot. Man muss dazu sagen, dass fast alle Flugbegleiterinnen auf Piloten stehen. Piloten sind die Mike Hoffmanns der Flugbranche. Und Mama hatte es tatsächlich geschafft, eines dieser (ebenfalls komplett bindungsunfähigen) Super-Atome anzuziehen. Sie und der Pilot sind ein halbes Jahr lang die Strecke Köln – Berlin zusammen geflogen. Dann wurde der Dienstplan geändert und die beiden auf andere Strecken verteilt. Wie zu erwarten, löste sich der Pilot auf der Stelle in Luft auf (bevor er wahrscheinlich eine neue flüchtige Verbindung einging), und Mama ist zum Eisklotz gefroren. Sie hatte echt eine Woche Schüttelfrost, und drei weitere Wochen musste sie sich davon erholen. Seitdem fliegt sie nur noch Langstrecke – mit einem Gesicht so lang, dass es beinahe auf dem Teppichboden des Flugzeugkorridors schleift.

Klar kann sie nicht mehr abends bei uns zu Hause sein, wenn sie nach Tokio unterwegs ist oder auf die Malediven. Darum hat sie uns ja auch einfach zu Ohm abgeschoben. Dass ich die Schule wechseln musste, fand sie nicht so schlimm. Jedenfalls wesentlich harmloser als ihre Schüttelfrostattacke. Und sie befürchtete, einen Rückfall zu bekommen, wenn sie weiter nur innerhalb von Europa rumfliegt. Denn da könnte ihr ja der flüchtige Pilot wieder über den Weg laufen, und dann wäre sie auf der Stelle wieder gefriergetrocknet.

06

AM SAMSTAG holt mich Sarah schon eine Stunde vor dem Treffen mit Mike und Dr. Struppi ab. Sie will unbedingt sehen, wo ich wohne. Ich glaube, ich bin ihr suspekt und sie sucht nach irgendwelchen Anhaltspunkten, um mich in ihr kleines Sarah-Pinguin-Weltbild einordnen zu können. Na ja, wenn es sie glücklich macht! Obwohl Ohm und ihr Haus bestimmt viel zu seltsam sind, um Sarahs Schubladendenken zu beflügeln.

Peps macht auf, als es klingelt. »Da ist schon wieder diese komische neue Freundin«, hallt ihre Motzstimme durchs ganze Haus. Ohm kommt sofort angelaufen, um Sarah willkommen zu heißen und Peps zu entschuldigen. Sie hat für Sarah und mich frischen Apfelkuchen und zwei Bananen-Shakes auf ein Tablett gestellt, das wir oben mit aufs Zimmer nehmen können. Peps durfte sich in der Videothek extra eine DVD ausleihen, damit sie uns nicht stört. Doch obwohl meine Schwester eigentlich DVD-süchtig ist, will sie heute viel lieber in ihrem Bett liegen und ein Buch lesen. War ja klar. Das Ende vom Lied ist, dass Sarah und ich im Wohnzimmer sitzen müssen und

Ohm sich – um nicht zu stören – in ihr Schlafzimmer verzieht.

Sarah sieht heute übrigens wirklich komisch aus, da hatte Pepsi bei der Begrüßung ausnahmsweise recht. Ich glaube, sie hat irgendetwas aus dem Kleiderschrank ihrer Mutter mitgehen lassen. So ein silbernes Oberteil mit Pailletten, das ihr viel zu groß ist und ständig von einer Schulter rutscht. Dazu ist sie viel zu bunt geschminkt und trägt Riesenohrringe, die beinahe auf den Schultern aufliegen.

Während ich Sarah beim letzten Treffen peinlich war, hat sich das Blatt heute ganz schön gewendet. Zu allem Überfluss will sie auch noch wissen, wie ich ihren komischen Style denn so finde und ob ich glaube, dass Mike Hoffmann so was mag. Ich bin echt nicht gut im Lügen. Auf der anderen Seite will ich nicht schon wieder Stress mit Sarah haben. Immerhin ist sie meine erste Bekannte in der neuen Schule, und ich sollte mich mit der ungeschminkten Wahrheit über ihre Schminkkünste ein bisschen zurückhalten.

»Keine Ahnung, wie dieser Mike so tickt und was der mag oder nicht«, versuche ich mich rauszureden. Sarah nickt ganz eifrig. »Du auch nicht? Ich kann den Typen echt nicht einschätzen. Aber irgendwie ganz süß mit der Zahnlücke und so, oder?«

Ich nicke, und sie blickt auf ihre silbern lackierten Fingernägel. Ich fürchte, es hat sie voll erwischt.

»Du willst jetzt nicht damit andeuten, dass du dich in …«

Ich kann den Satz gar nicht mehr zu Ende sprechen,

denn ich werde von einer merkwürdigen Stimme hinter der Gardine unterbrochen.

»Doch, hat sie. Guck sie dir doch an. Sie ist voll verknallt in diesen Mike da. Das ist so was von eklig!«

Mit einem Satz springe ich zum Fenster und hole meine Schwester hinter der Gardine hervor.

»Du Miststück!«, zische ich sie an, greife in ihr Haar und zerre sie zu Sarah. »Du entschuldigst dich jetzt auf der Stelle, und dann will ich dich für den Rest der Woche nicht mehr sehen!«

Pepsi jault wie ein kleiner Hund, aber von einer Entschuldigung ist kein Ton zu hören. Sarah hingegen sitzt knallrot auf Ohms Sofa mit einem unzerkauten Stück Apfelkuchen im Mund und riesigen Schreck-Augen. Irgendwie habe ich keine Lust, noch weiter auf dieser blöden Entschuldigung zu bestehen und alles nur noch peinlicher zu machen. Darum schubse ich Pepsi einfach aus dem Zimmer. Mit großem Geheul verschwindet sie nach oben.

Es dauert einen Moment, bis Sarah sich von dem Schreck erholt hat und weiter auf dem Kuchenstück rumbeißt.

»Bin ich froh, dass ich ein Einzelkind bin«, sagt sie und schluckt schwer. Dann hat sie plötzlich genug von meinem komischen Zuhause und will Hals über Kopf aufbrechen. Deswegen erscheinen wir auch viel zu früh im Coffeeshop, wo wir mit Mike zur Hundebaby-Übergabe verabredet sind. Doch je näher der Termin rückt, desto mehr tickt Sarah aus. Zwei Mal verschwindet sie auf der Toilette und kommt danach noch krasser geschminkt wieder zurück. Ob ich sie vor sich selbst warnen sollte? Muss man das als Freundin nicht machen? Ich beruhige mich mit dem Gedanken, dass ich gar nicht Sarahs Freundin bin und dass sie noch vor wenigen Tagen vor den anderen so getan hat, als würde sie mich kaum kennen. Auf der anderen Seite ist es natürlich schade, dass Sarah sich selbst so reinreitet. Denn jetzt wird Mike bestimmt nicht versuchen, sie in sich verliebt zu machen, und ich habe keinen neuen Blog-Eintrag. Oh Mann, manchmal glaube ich schon, ich bin diejenige, die sich **vor sich selbst schützen** muss. Manchmal gehen meine Gedanken echt seltsame Wege.

Als Mike endlich vor uns steht, hat Sarah schon so lange auf ihren Lippen rumgekaut, dass jetzt auch die Zähne geschminkt sind. Wenigstens darauf versuche ich sie pantomimisch hinzuweisen. Aber Sarah checkt gar nichts mehr. Sie lächelt nur unsicher und bekommt für den Rest des Treffens keinen Ton mehr raus. Ich muss das Gespräch mit Mike komplett allein führen. So wird das natürlich nix mit dem Blog-Eintrag!

»Das ist total nett, dass ihr gekommen seid«, schwärmt Mike schon zur Begrüßung.

Sarah legt weiter die roten Zähne frei, und ich nehme Dr. Strupp auf den Arm, der auf der Stelle versucht, meine Nase mit seiner rosa Zunge abzulecken.

Mike starrt derweil auf Sarahs Zähne, was die Arme dazu verleitet, noch breiter und noch unsicherer zu grinsen. Ich bete zu Gott, dass zu seinen Mädchenverzauberungs-Fähigkeiten auch die Im-Zweifelsfall-besser-mal-nichts-sagen-Weisheit gehört. Aber ich fürchte, ich habe sein Gentleman-Können überschätzt.

»Entweder hast du Zahnfleischbluten, oder irgendwas ist beim Schminken schiefgelaufen«, sagt er Sarah direkt ins Gesicht, während sein Blick leicht angewidert auf ihren Mund geheftet bleibt.

Sarah läuft auf der Stelle rot an – und zwar mindestens so Gipsy-Scarlet-knallrot wie ihr gleichnamiger Chanel-Lippenstift! Dann rennt sie, ohne ein Wort zu sagen, zum dritten Mal zur Toilette, während Mike mich schuldbewusst und mit runtergezogenen Mundwinkeln ansieht.

»Hab ich was falsch gemacht?«, will er allen Ernstes wissen. »Ich dachte, man muss so was sagen. Wäre doch gemein, wenn sie den ganzen Tag mit geschminkten Zähnen rumläuft, nur weil ihr niemand was sagt.«

Ich nicke, aber Mike bleibt verstört.

»Also, meine Cousine will immer, dass ich ihr so was **unbedingt** sage. Ist doch besser, **ich** sage es ihr, als irgendein Typ, dem sie später begegnet und den sie vielleicht richtig super findet.«

Ich nicke wieder, diesmal noch etwas heftiger, und langsam scheint Mike die Situation zu checken.

»Du willst jetzt nicht sagen …, also, du meinst jetzt nicht etwa … Aber in dem Fall hättest **du** sie doch warnen müssen. Warum hast **du** ihr das mit dem Lippenstift denn nicht schon viel früher gesagt?«

»Wollte ich ja«, versuche ich mich zu verteidigen. In dem Moment sehe ich Sarah allerdings schon wieder angerückt kommen. »Ach, vergiss es! Vergiss das Ganze einfach!«

Wie immer, wenn man jemanden bittet, etwas zu vergessen, zementiert man es umso mehr in seinem Gedächtnis. Mike wirkt jedenfalls ab sofort extrem nachdenklich und sagt ebenfalls kein Wort mehr. Also müssen Dr. Strupp und ich uns für den Rest des Treffens alleine unterhalten.

Als Mike dann endlich weg ist, fällt Sarah wie eine Hyäne über mich her. Erst beschuldigt sie mich, ich hätte sie absichtlich »in die peinlichste Situation ihres Lebens rennen lassen«, weil **ich** in Mike verknallt wäre und mich gefreut hätte, dass sie mit ihrem blöden Lippenstiftzahn neben mir extrem blöd aussieht.

»Wie du den schon angeguckt hast. Das war so was von eindeutig und so was von eklig!«, erklärt sie mit angewidertem Gesicht.

Als ich diesen Verdacht mit viel Mühe und einigen Notlügen entkräftet habe (ich steh überhaupt nicht auf Jungs – und wenn, dann schon eher auf so Typen wie Nelson Zint …), will Sarah unbedingt wissen, was Mike und ich in ihrer Abwesenheit so besprochen haben.

»Nichts Besonderes«, lüge ich. »Es ging nur um den Hund.«

»Und ihr habt nicht über mich geredet?«

Ich schüttele den Kopf, doch Sarah wirkt irgendwie angefressen. Ich glaube, am liebsten würde sie mir die ohnehin kaum vorhandene Freundschaft kündigen. Wenn ich nicht ihre Verbindung zu Mike wäre! Den ganzen Nachmittag fragt sie mich Sachen über ihn, die ich gar nicht weiß, während wir auf einer Decke im Park liegen und abwechselnd an dem Hund rumstreicheln. Sie geht davon aus, dass ich Mike total gut kenne, weil er mir ja schließlich sein Baby anvertraut – auch wenn es sich nur um einen Babyhund handelt. Und je mehr ich alles abstreite, desto wissbegieriger wird sie. Denn jetzt vermutet sie auch noch eine **geheime Freundschaft** zwischen Mike und mir, die ich ihr gegenüber nicht zugeben will. Am Ende sage ich gar nichts mehr, sondern kraule nur noch den kugelrunden und mit Hundebabynahrung vollgefutterten Bauch von Dr. Strupp, der alle viere von sich streckt und in der Sonne liegt wie ein kleiner Bär.

Um sechs sind wir wieder mit Mike im Coffeeshop verabredet. Um zehn vor sechs, gerade als Sarah Pinguins Nerven wieder blitzeblank liegen (und zwar ungefähr so blank wie ihre gebleachten Schneidezähne, die sie im Minutentakt im Spiegel auf ihre Weißheit hin überprüft), kommt diese SMS von Mike:

Sorry! Mein Bruder hat sich den Fuß gebrochen, und wir mussten ins Krankenhaus. Komme hier gerade nicht weg. Könntet ihr den Hund noch etwas behalten? Melde mich, sobald wir hier fertig sind ☹ .

»Das geht aber nicht, ich muss gleich nach Hause – blödes Familienessen heute Abend«, sagt Sarah, nachdem ich ihr wortlos das Handydisplay hingehalten habe. »Ich kann den Hund höchstens mitnehmen und warten, bis Mike ihn bei mir abholt.«

Dass auch ich Dr. Strupp mitnehmen könnte, kommt ihr gar nicht in den Sinn. Egal, ich wollte den Abend ohnehin mit mir und meinem Blog verbringen. Und vielleicht mit Peps, damit sie mal wieder ein bisschen runterkommt von ihrer Motz-und-Trotz-Tour.

Sarah wählt ganz hektisch die Nummer ihrer Mutter. »Mama, Mama!«, ruft sie laut, so als ginge es um Leben und Tod. »Ich muss für ein paar Stunden einen Babyhund mitbringen. Der ist von einem Jungen in unserer Schule, der aber gerade im Krankenhaus ist. Sein Bruder hat sich den Fuß gebrochen!«

Dann entsteht eine Pause, in der Sarahs Gesichtszüge ziemlich unvorteilhaft entgleisen.

»Ach, blöde Allergie. Kann Karlo nicht solange mal woanders hingehen?«, ruft sie genervt. Karlo ist der neue Freund von Sarahs Mutter, und Sarah kann ihn ohnehin nicht leiden. Dass er ihr mit seiner blöden Hundehaarallergie jetzt das wichtigste Date aller Zeiten vermasselt, macht ihn nicht gerade sympathischer. Sarah fängt vor Wut sogar an zu heulen. Das Ende vom Lied ist, dass ich mit Doc Strupp zu mir nach Hause dackel, während sie mir alle fünf Minuten eine SMS schreibt.

Hat M. sich schon gemeldet?

Kannst du ihm sagen, beim nächsten Mal nehme ich dann den Hund?!

Ich stelle das Handy auf lautlos und freue mich, dass endlich Ruhe ist. Dann tolle ich mit dem kleinen Struppi herum. Sein Fell ist so weich und der kleine Körper so warm. Er freut sich unbändig, dass ich für ihn da bin. Und wenn ich ehrlich bin, geht es mir umgekehrt gerade genauso.

Auch Ohm und Peps verlieben sich auf der Stelle in den kleinen Schlittenhund.

»Können wir nicht so tun, als wäre er dir abgehauen? Und dann behalten wir ihn einfach!«, schlägt Peps vor. Nachdem Ohm ihr die Sache lang und breit ausgeredet hat, will meine Schwester wenigstens ein halbes Stündchen mit Struppi alleine sein – und zwar in ihrem Bett. Ich bin einverstanden, denn schließlich muss ich ja auch noch in Ruhe bloggen!

Ich setze mich mit dem Laptop auf Ohms Sofa und denke nach. Besonders über die Sache mit der Verfremdung meiner »Blog-Opfer« zerbreche ich mir den Kopf. Um mir die viel beschworenen Klagen vom Hals zu halten, fange ich an, in den alten Posts Namen zu ändern, was mir innerhalb von fünf Minuten so blöde Kommentare einbringt wie:

Häää??? Ich dachte, der Typ heißt Mike Hoffmann!!!!!

Na toll! Und ich habe keine Ahnung, wie ich die Kommentare löschen kann.

Dann schreibe ich einen neuen Eintrag – natürlich im neuen Verfremdungs-Style!

18. Mai, 15.00 Uhr, Brüsseler Platz

Nils Hartmann kann auch anders! Nämlich, wenn **ihn** plötzlich jemand gut findet. Genau genommen kann er da gar nicht. Jedenfalls nicht mit umgehen. Das stellt sein ganzes Jäger-Beute-Ding auf den Kopf und bringt ihn total durcheinander. Weil er ja nicht mehr Oberwasser hat, wenn er der Gejagte ist. Hört sich vielleicht komisch an, aber ich glaube, genau so ist es.

Wenn Nils selber jagt, hat er irgendwie die Kontrolle über die Sache. Auch wenn er eine Abfuhr riskiert (die ihm ohnehin nicht viel ausmacht, weil es ja nicht um Liebe geht, sondern nur um den Jagdsport). Wenn sich allerdings ein Mädchen alleine und von sich aus in ihn verliebt hat, verliert er die Kontrolle und wird vor Schreck durch und durch uncharmant. Zugegeben, das Mädchen hat sich in diesem Fall auch nicht besonders geschickt angestellt. Sie hat versucht, ihr Übermaß an Liebe in Form von übermäßig vielen Schminkschichten zum Ausdruck zu bringen, und wirkte ein bisschen wie eine Buttercremetorte – genauso aufwendig gespachtelt und schwer verdaulich. Und: vor lauter Schreck genauso stumm. Statt von ihrem Auftritt gerührt zu sein, haut Nils nur einen blöden Spruch raus: »Oh, was ist denn mit deinem Gesicht passiert? Kindergeburtstag? Schminkschule?«

Okay, ich gebe zu, so hart war Mike Hoffmanns Spruch mit dem Zahnfleischbluten nicht. Aber wenn ich Phantasienamen einsetze, kann ich auch an der Wirklichkeit ein bisschen rumschrauben. Manchmal versteht man die Wahrheit viel besser, wenn man die Wirklichkeit überspitzt. Vielleicht ist es ja sogar meine Pflicht, die Dinge zu übertreiben, um sie klarer zu machen.

Irgendwie bin ich gerade so richtig zufrieden mit mir, als es klingelt und Mike vor der Tür steht. Er hat einen Blumenstrauß in der Hand und entschuldigt sich tausend Mal, dass er mir den Doktor aufs Auge gedrückt hat. Ich bin ganz schön überrascht und stottere sogar zur Begrüßung. Ehrlich gesagt habe ich in meinem ganzen Leben noch keinen Blumenstrauß geschenkt bekommen. Und dieser hier besteht nicht etwa aus Supermarktblumen, sondern aus fetten Blumenladenblumen mit christbaumkugelgroßen Rosen und allen möglichen anderen Luxusgewächsen.

»Hier, als kleine Entschädigung«, erklärt Mike, während sein Blick den Raum nach Dr. Strupp absucht.

»Oh, d-d-der Hund ist oben, bei meiner kleinen Schwester.«

Ich laufe schnell die Treppe hoch und hoffe, dass Mike mir nicht folgt und sieht, wie meine kleine Schwester seinen Babyhund als Kuscheltier missbraucht. Aber Pepsi ist gar nicht im Zimmer.

»PEPS!«, rufe ich, so laut ich kann. Ich habe eine schlimme Vorahnung. »PEPSI, WO BIST DU?«

Keine Reaktion. Draußen ist es inzwischen dunkel, und Ohm liegt mit einer DVD im Laptop und ein paar Räucherstäbchen auf der Fensterbank in der Badewanne und weiß auch von nichts.

»Vielleicht sind die beiden ja noch mal Gassi gegangen«, meint Mike betont cool.

Dabei kann man seine Halsschlagader pochen sehen. Er legt die ersten Blumen meines Lebens achtlos auf den Flurboden und läuft raus.

»Dr. Strupp!«, ruft er zunächst noch etwas verhalten ins Dunkel. Doch dann wird seine Stimme immer panischer und die Namen für seinen Hund immer sonderbarer. »STRUPPELINO! STRUPPELPUTZ! STRUPPSI! WO HAST DU DICH VERSTECKT? WO BIST DU DENN NUR?«

Mikes Stimme überschlägt sich fast. Ich habe echt Angst, dass er gleich anfängt zu weinen.

In den Pausen zwischen all den Kosenamen rufe ich pflichtbewusst nach meiner Schwester. Ohne Erfolg.

Schließlich setzt sich Mike auf die Bordsteinkante und vergräbt sein Gesicht in den Händen. »Das darf doch nicht wahr sein!«, murmelt er.

Ich setze mich neben ihn und fühle mich hundeelend.

»Ich glaube, ich weiß, warum sie weg sind«, sage ich leise. »Ich fürchte, meine Schwester hat sich noch mehr in deinen Hund verliebt als ich. Und sie will ihn einfach nicht mehr hergeben. Aber wir finden ihn schon.«

Ich überlege fieberhaft, wo sie sich mit dem Hund hin verkrochen haben könnte. Und dann kommt mir eine Idee.

»MOMENT!«, rufe ich und renne zurück ins Haus. Da krame ich hektisch den Schlüsselbund aus meiner

Tasche. Hab ich es doch geahnt! Der Schlüssel von unserem alten Zuhause fehlt. Peps ist mit Strupp auf dem Weg zu unserer Mutter – die allerdings immer noch am anderen Ende der Welt in irgendeinem Hotelzimmer darauf wartet, dass jemand klopft!

Auf jeden Fall muss ich Peps von ihrem Vorhaben abhalten, bevor Ohm von der Sache Wind bekommt und bevor Mike die Nacht ohne seinen *Struppelino* verbringen muss! Ich krame hektisch in meinem Portemonnaie herum, das zwanzig Euro enthält. Das reicht auf jeden Fall für ein Taxi zum Bahnhof.

Um Ohm nicht unnötig zu stressen, rufe ich durch die geschlossene Badezimmertür, dass ich mit Pepsi noch mal schnell bei den Nachbarn bin. Zum Glück fragt sich nicht, bei welchen. Zehn Minuten später stehen Mike und ich auf Gleis Nummer vier und wühlen uns panisch durch die Menschenmengen. Schon wieder ruft er diese absurden Hundenamen und wird dabei von den Reisenden ziemlich schräg angesehen. Immerhin hört es sich an, als wäre er auf der Suche nach einem sehr merkwürdigen Arzt. Wir entdecken den kleinen Doktor und meine Schwester auf einer Bank neben dem Süßigkeitenautomaten. Jeder von den beiden knabbert versonnen an einem halben Schokoriegel herum. Mike stößt einen Freudenschrei aus. Dann schnappt er sich seinen kleinen Schlittenhund und vergräbt sein Gesicht in dessen Fell. Ich setze mich neben Peps und atme einmal tief durch. Doch statt sie zu rütteln, zu schütteln und ihr den Kopf abzureißen, lege ich einfach nur meinen Arm um sie. »Mensch,

Peps, das kann so nicht weitergehen!«, sage ich mehr zu mir als zu ihr.

Pepsi starrt vor sich hin und mümmelt einfach weiter. Dann fängt sie an zu weinen. »Ich will auch so einen Hund«, schluchzt sie.

Obwohl ich echt sauer auf meine Schwester sein könnte, tut sie mir irgendwie leid. Mike scheint auch gerührt zu sein. Er setzt sich auf die andere Seite von Pepsi und legt ihr Dr. Strupp wieder in den Schoß. »Komm doch mal Lionel besuchen, meinen kleinen Bruder«, sagt er. »Der ist bei dir im Kindergarten.«

Peps zieht die Nase kraus, wie immer, wenn sie überlegen muss, und vergisst vor lauter Überraschung glatt, weiter zu weinen.

»Lionel Hoffmann? Der Pipi-Kacka-Lionel?«, fragt sie ungläubig.

Mike lacht. »Kann sein, dass er in Fachkreisen so genannt wird.«

»Und dem gehört der Hund genauso wie dir?«

»Fast noch mehr sogar. Er hat ihn auch ausgesucht. Im Moment kann Lionel allerdings nicht in den Kindergarten kommen, weil er sich den Fuß gebrochen hat. Aber über einen Krankenbesuch würde er sich bestimmt freuen.«

Pepsi ist so durcheinander, dass sie uns ohne zu murren folgt, als wir aufstehen, um zurück nach Hause zu gehen. Und Mike bringt uns sogar noch bis vor unsere Tür. Dr. Strupp bleibt die ganze Zeit auf Pepsis Arm, während Mike mir heimlich zuraunt, dass sein Bruder total auf meine Schwester steht. »Er hat sie mir im Kindergarten mal gezeigt«, flüstert er mir ins Ohr. »Und er meinte, das wäre das coolste Mädchen der ganzen Stadt. Total mutig und frech und so. Eine echte Göttin eben.«

Ich bin echt beeindruckt!

Ohm sagen wir nichts von Pepsis Eskapade. Dafür verspricht Peps, mit dem Ärgermachen aufzuhören. Sie kann ohnehin nur noch an ihre Verabredung mit *Pipi-Kacka-Lionel* denken, der sich bei näherer Befragung als ziemlich guter Typ entpuppt.

»Und warum nennst du ihn dann Pipi-Kacka?«

»Damit keiner merkt, dass ich ihn gut finde. Das ist mir zu blöd, den toll zu finden – so wie die anderen Mädchen, die den immer so anhimmeln.«

Wir liegen in unseren Betten, starren beide an die Decke und versuchen, uns nicht zu verlieben. Jede auf ihre Art. Irgendwie finde ich meine Schwester plötzlich auch cool.

07

DER NÄCHSTE MORGEN beginnt so friedlich wie lange kein Morgen mehr. Peps steht freiwillig auf und schreit auch nicht beim Anziehen rum. Im Gegenteil, sie schlüpft schweigend in ein paar Lieblingsklamotten und betrachtet sich dann eingehend und stumm von allen Seiten im Spiegel.

Ohm hat Pancakes mit Ahornsirup gebacken und ist nach ihrem gemütlichen Badewannen-DVD-Räucherstäbchen-Abend aufgeräumter Laune. Und ich frage mich, ob es für mein Glück inzwischen schon reicht, wenn niemand in meiner Nähe eine Katastrophe vom Zaun bricht. Wahrscheinlich ja. Zur Feier des Tages ziehe ich meine neuen Sandalen an – auch wenn eigentlich noch gar kein Sandalenwetter ist – und mache mich mit Pepsi auf den Weg.

Kurz bevor meine Schwester im Kindergarten verschwindet, nimmt sie mich noch mal bei der Hand. »Vergiss ja nicht, mich pünktlich abzuholen!«, erklärt sie mit ihrer tiefen Peps-Stimme und bricht mir fast die Finger dabei. »Und dann bringst du mich zu Dr. Struppi, abgemacht?«

Als ich um fünf vor acht endlich an meiner Schule angekommen bin, erwartet mich Sarah Pinguin schon vor dem Klassenraum und hält mir ihr Handy unter die Nase: »Kennst du schon diesen **megamegakrassen Blog**?«, begrüßt sie mich mit fiebrigem Blick.

Ich schüttele ungläubig den Kopf und fühle mich, als hätte mir grade jemand mit dem Spaten auf den Hinterkopf geschlagen. Total benommen starre ich auf ihr Display und sage kein Wort.

»*Girlaxis* heißt der. Das ist so ein voll jungsverachtender Blog, und da werden mehrere Typen aus unserem Jahrgang fertiggemacht!«, erklärt Sarah weiter.

»Fertiggemacht?«, wiederhole ich mechanisch ihre letzten Worte.

»Ja, so was von fix und fertig!«, sagt sie. »Die Namen der Jungs sind zwar verändert, aber man weiß trotzdem sofort, wer gemeint ist.«

»Gemeint ist?«

»Ja, wer da beschrieben wird, mit all seinen krassesten Anmachertricks. Mike Hoffmann und Nelson Zint sind auch dabei!«

»Was jetzt, unser Mike Hoffmann?«

Sarah blickt mich kopfschüttelnd an. »Was ist los mit dir? Bist du schwer von Begriff! Jetzt lies doch mal!«

Ich lese den Eintrag, den ich gestern noch geschrieben und statt in der Coffeebar auf dem Brüsseler Platz habe spielen lassen. Genau der Eintrag, in dem ich mich (in verschlüsselter Form und gemeinerweise) auch über Sarah lustig gemacht habe. Doch in diesem Punkt scheint **sie** schwer von Begriff zu sein.

»Ist das nicht unglaublich? Von wegen, Mike musste zum Fußball! Der Typ hat seinen Hund bei uns geparkt, um dann auf dem Brüsseler irgendeine verliebte Tussi abzubügeln. Das geht doch so was von gar nicht. Hast du den Spruch gelesen, den er ihr reingewürgt hat?«

Ich starre immer noch auf das Display, ohne eine Zeile zu lesen. Na ja, warum auch. Ich kenne immerhin jedes Wort beinahe auswendig. Dafür versuche ich, schnell alle Konsequenzen durchzugehen, die das Bekanntwerden von *Girlaxis* für mich hat.

»Wie bist du denn auf diesen Blog gekommen?«, frage ich Sarah.

»Alina hat das Ding bei Facebook geteilt. Und daraufhin haben dreißig andere ihr das nachgemacht. Ich glaube nicht, das irgendjemand in der Schule inzwischen nicht weiß, was *Girlaxis* ist.«

Das ist definitiv der zweite Spatenhieb auf meinen Hinterkopf. Ich kann mich kaum mehr auf den Beinen halten.

»Das ist ja u-unglaublich«, stottere ich. »Und wer hat das alles geschrieben?«

Sarah stößt einen spitzen Schrei aus. »HA! Das weiß man natürlich nicht. Klar ist, es muss ein Mädchen sein. Und sie muss bei unserem Treffen auf dem Mediapark-Spielplatz dabei gewesen sein. Denn das kommt auch vor in diesem Blog. Und zwar in allen Einzelheiten.«

Ich kann nicht glauben, dass Sarah mich nicht verdächtigt, wo ich ihr doch von Anfang an suspekt war und so gar nicht in ihr Schubladen-Denkmodell passte.

»Was, die Spielplatzszene war auch dabei?«, sage ich gespielt erstaunt.

»Ja, stell dir vor, dein geliebter Nelson wird da so was von runtergemacht. Dass er blöde Sprüche vor dem Spiegel übt und sein doofes Coolsein eine ganz üble Masche ist. Der ist einfach nur zu faul, um sich Mühe zu geben, und macht einen auf Minimalismus oder so. Den Ausdruck habe ich nicht mehr genau im Kopf!«

»Das ist unglaublich!«, behaupte ich empört.

»Ja, finde ich auch.« Sarah grinst. Wahrscheinlich, weil sie glaubt, ich wäre echt in Nelson verliebt und diese Blog-Beschuldigungen würden mir zu schaffen machen.

»Also, ich sag dir eins, ich habe Ann-Caterine in Verdacht. Immerhin hat Nelson diesen *Imposant*-Witz auf ihre Kosten gemacht. Da wollte sie sich einfach an ihm rächen.«

Ich nicke und bin heilfroh, dass Sarah voll auf der falschen Fährte ist. Obwohl mir nicht ganz wohl dabei ist, dass Ann-Caterine jetzt zu Unrecht verdächtigt wird. Oder schlimmer noch – zu Unrecht den Ruhm für meine Forschungsarbeit einstreicht.

»Sollen wir unseren Verdacht nicht für uns behalten?«, frage ich Sarah und zwinkere ihr zu. »Wenn Ann-Caterine sich in Sicherheit fühlt, enthüllt sie vielleicht noch mehr Sachen über Mike und Nelson. Das ist doch viel interessanter, als sie auffliegen zu lassen.«

Sarah grinst verschwörerisch. »Hey, du bist ganz schön gerissen. Das hätte ich dir gar nicht zugetraut!«

In der folgenden Deutschstunde kann ich mich kaum konzentrieren. Gott sei Dank hat Herr Gruber, unser Deutschlehrer, grade einen Laberflash und deutet eine halbe Stunde lang an einem Gedicht rum. Das gibt mir die Gelegenheit, unter dem Tisch die neuen Kommentare zu meinen alten Blog-Einträgen zu lesen. Es gibt ganz schön viel Lob. Aber auch genauso viel Vernichtendes. Außerdem haben manche Leser Schimpfwörter für mich entwickelt, gegen die Pepsis Pipi-Kacka-Namen die reinsten Kosenamen sind: **Möchtegern-Psychotante**, zum Beispiel. Oder **Du kranke Seele!**.

Trotz der vielen Anerkennung hauen mich die negativen Kommentare total um.

Das waren bestimmt die ganzen beleidigten Jungs, die sich in meinen Forschungsberichten wiedererkannt haben, versuche ich mich zu beruhigen. Aber so richtig beruhigend ist der Gedanke gar nicht. Denn schließlich muss ich auch damit rechnen, dass Mike Hoffmann einer von ihnen ist. Und dem stehe ich gleich Auge in Auge gegenüber, wenn ich Peps bei seinem kleinen Bruder abliefere.

Als ich meine Schwester im Kindergarten abhole, ist sie schon fertig angezogen und wartet darauf, sich abmelden zu dürfen. Frau Albtraum schaut aufmunternd zu uns herüber und stimmt eine Lobeshymne auf Pepsis Benehmen an. Das hat sie bestimmt in so einem Erziehungsseminar gelernt – immer schön lobhudeln, wenn jemand Fortschritte macht. Egal, wie blöd er am Vortag war. Ich ignoriere das Gesülze einfach.

Auf dem Weg zu den Hoffmanns sind wir beide ein bisschen nervös.

»Kommst du mit rein?«, will Peps wissen.

Ich schüttele den Kopf.

»Och, biiiitte. Warum denn nicht? Mike ist doch auch dein Freund.«

»Mike ist nicht mein Freund. Nur weil ich seinen Hund genommen habe, ist er noch lange kein Freund von mir.«

Peps bleibt stehen. »Glaub ich nicht«, sagt sie.

»Dann lässt du es eben.«

Die Hoffmanns haben eine Wohnung in der Lütticher Straße in einem ziemlich schönen alten Haus. Natürlich macht Mike uns die Tür auf, und natürlich bittet er mich rein. Mein Rumgedruckse, dass ich eigentlich direkt weitermuss, überhört er einfach. Zumal Pepsi netterweise verrät, dass ich eigentlich gar nichts vorhabe.

Auch Dr. Strupp findet, dass ich bleiben soll. Er springt so lange an meinem Bein hoch, bis ich ihn auf den Arm nehme und mich auf der Stelle wieder in sein seidiges Babyfell und die riesigen blauen Babyaugen verliebe.

Nachdem wir Pepsi zu dem ans Bett gefesselten Lionel gebracht haben, will Mike mir noch unbedingt was erzählen. Er geht mit mir in sein Zimmer und setzt sich auf sein ungemachtes Bett, das ganz nach einer zerwühlten Albtraumnacht aussieht.

Klar ahne ich, was er mir erzählen will. Und mir graut auch davor. Andererseits will ich natürlich wissen, was er genau weiß und wie er das, was er weiß, aufgefasst hat.

»Hast du auch schon *Girlaxis* gelesen?«, fragt er ohne große Vorrede.

Ich nicke.

»Und, hast du mich wiedererkannt?«

»Eigentlich nicht«, lüge ich. »Aber irgendjemand hat in irgend so einen Kommentar geschrieben, dass einer der Typen ja ursprünglich Mike Hoffmann hieß oder so ähnlich.«

»Ja, genau. Es gibt insgesamt vier Einträge über mich. Irgendjemand muss mich belauscht haben und hat dann alles in den falschen Hals bekommen. Oder jemand will mich einfach fertigmachen.«

Mike lässt sich nach hinten auf sein Bett fallen, als wäre er grade von einer lautlosen Kugel getroffen worden. Er macht die Augen zu und schnaubt, und ich habe riesige Angst, dass er mich gleich verdächtigt. Aber das Gegenteil ist der Fall.

»Alle Mädchen in der Schule haben mich heute angesehen, als wäre ich ein Schwerverbrecher«, sagt er. »Am liebsten hätte ich mich auf dem Klo eingeschlossen.«

Mir fällt leider nichts Geistreicheres ein, als »Echt?« zu fragen.

»Ja, echt, alle! Eigentlich alle außer dir. Du hast mich eben ganz normal angesehen, als ich dir die Tür aufgemacht habe.«

Puh, Mike scheint mich doch nicht zu verdächtigen. Er macht sogar die Augen wieder auf und fragt: »Findest du etwa auch, dass ich ein übler Ranschmeißer bin? So ein bescheuerter Mädchensammler mit einem Anmacher-Trickkasten, oder so ähnlich?«

Ich schüttele entrüstet den Kopf. »Nein, wieso? Hast du denn so einen Kasten?«, frage ich gespielt naiv.

»Nein, natürlich nicht!«, protestiert Mike. »Ich weiß überhaupt nicht, was das sein soll. Und ich bin eigentlich auch total schüchtern und habe überhaupt gar keine Tricks drauf. Wenn jemand rumtrickst, dann sind das doch immer Mädchen. Jungs sind viel zu blöd für Spielchen.«

Es fällt mir echt schwer, an dieser Stelle nicht zu protestieren. Aber ich darf mich auf keinen Fall verdächtig machen. Darum verabschiede ich mich schnell und behaupte, noch ein ellenlanges Referat schreiben zu müssen.

Zu Hause zerbreche ich mir den Kopf darüber, wie ich mit *Girlaxis* weitermachen soll. Noch mehr Situationen beschreiben, in denen ich tatsächlich anwesend war, macht mich zu verdächtig. Auch wenn ich sie verfremde. Vielleicht wäre ich für einige Mädchen aus unserer Schule dann der Enthüllungs-Star. Aber für einige Jungs wäre ich die durchgeknallte Psycho-Tante, oder anders gesagt: der Feind. Und wer möchte schon gerne freiwillig der Feind von Nelson Zint sein? Wer weiß, mit was für coolen, vor dem Spiegel einstudierten Sprüchen er einen vernichten kann. Außerdem weiß man nie, ob irgendwelche Eltern oder Lehrer von dem Blog erfahren, und am Ende kassiere ich einen Schulverweis.

Aber was soll ich stattdessen tun? Den Blog löschen? Ihn mit komplett ausgedachten Geschichten weiter am Leben halten? Ich schnappe mir den Computer und schaue mir noch mal die ganzen neuen Kommentare an. Unter die Mediapark-Spielplatz-Szene hat vor einer Stunde jemand geschrieben:

Hey, liebe Girlaxis-Bloggerin! Ich glaube, ich kenne diesen obercoolen Typen, den du da beschreibst. Kann es sein, dass du insgeheim in ihn verknallt bist? Und es nur nicht zugeben kannst? Nicht mal vor dir selbst? Vielleicht, weil du einfach keine Chancen bei ihm hast? Das schreibt eine, die dich besser kennt, als dir lieb ist!

Mir wird ganz schwindelig. Das kann nur Sarah geschrieben haben, in der Hoffnung, Ann-Caterine damit fertigzumachen. Dabei fand Sarah diesen blöden Nelson doch auch total super. Jedenfalls bis sie Mike kennengelernt hat. Oh Mann, die Sache wird immer komplizierter!

Vor lauter Panik kopiere ich all meine Texte in eine Worddatei und lösche den Blog. Dann werfe ich mich auf mein Bett und heule. Irgendwie habe ich das Gefühl, gerade eine große Sache vergeigt zu haben. Wenn nicht gar eine ganze Karriere. Ungünstigerweise klopft auch noch Ohm und fragt, ob ich noch Buntwäsche für die Waschmaschine habe. Sie zieht ein ganz schön langes Gesicht, als sie mich so traurig da rumliegen sieht, und ich versuche, mich schnell wieder zusammenzureißen.

»Was ist denn los?«, will Ohm wissen. Und weil ich ihr den ganzen, komplizierten Sachverhalt nicht erklären möchte – zumal Ohm sowieso glaubt, das Internet sei ein ganz gefährlicher Ort –, behaupte ich, ich hätte ein bisschen Liebeskummer. Mit so was kennt Ohm sich besser aus, und deswegen macht es ihr auch nicht so viel Angst wie ein außer Kontrolle geratener Blog.

»Ach, Kindchen«, sagt sie und setzt sich auf meine Bettkante. Dann streicht sie über mein Haar und scheint nachzudenken. Wahrscheinlich erinnert sie sich an all die Liebeskummerattacken, die sie selbst schon durchgemacht hat, und überlegt, welche Ansage in so einem Fall am besten hilft.

»Ach, die Liebe!«, haucht Ohm schließlich in die Stille des Zimmers. »Eine echt komplizierte Sache. Aber es lohnt sich, dranzubleiben. Denn schließlich gibt es nichts Schöneres im Leben.«

Als ich nicht antworte, schnappt sie sich einen meiner Füße und verpasst mir eine Fußmassage, bei der man gar nicht anders kann, als sich pudelwohl zu fühlen. Wäre ich eine Katze, würde ich auf der Stelle anfangen zu schnurren. Dabei lässt Ohm noch ein paar weitere Liebesweisheiten vom Stapel. Ich höre gar nicht so genau hin, sondern genieße nur den Klang ihrer

Stimme und den sanften Druck ihrer Finger. Irgendwie ist es schön, getröstet zu werden. Auch wenn es für die falsche Sache ist.

»War es der Junge mit dem Hund?«, fragt sie, nachdem auch der zweite Fuß durchgeknetet ist.

»Was war der Junge mit dem Hund?«

»Na, wegen dem du Liebeskummer hast.«

»Ach so, Mike meinst du? Mike Hoffmann? Nein, Mike war es nicht!«

Ohm nickt. Und zwar in so einer vielsagenden Ohm-Art, als hätte sie kapiert, dass es sehr wohl Mike Hoffmann ist, dass sie aber gnädigerweise darauf verzichtet, weiter nachzubohren. Das macht mich ehrlich gesagt rasend.

»Es ist nicht Mike! Alle aus der ganzen Stufe sind in Mike Hoffmann verliebt – wenn sie nicht grade für Nelson Zint schwärmen. Aber ich nicht. Verstehst du? ICH NICHT! Ich bin doch nicht blöd!«

Ohm nickt schon wieder allwissend, und ich schüttele einfach nur den Kopf.

»Wo ist denn Pepsi eigentlich?«, will sie schließlich wissen.

»Die ist beim kleinen Bruder von Mike Hoffmann«, brumme ich.

Ohm presst die Lippen aufeinander, zieht die Augenbrauen hoch und verkneift sich offensichtlich einen Lachanfall.

»Nehme mal an, du wirst sie da nachher wieder abholen, oder?«, fragt sie und grinst.

Fußmassage hin oder her – jetzt werde ich echt

sauer, werfe Ohm ein Kissen an den Kopf und nenne sie Oma (was sie absolut nicht leiden kann). »Ja, Oma, amüsier dich doch einfach weiter, obwohl du null Ahnung hast …«

Drei Stunden später stehe ich schon wieder bei den Hoffmanns vor der Tür. Ich hoffe, dass ich einfach nur meine Schwester einsammeln und verschwinden kann, aber Peps denkt gar nicht daran, mitzukommen. Sie muss angeblich noch *Monopoly* zu Ende spielen, und außerdem ist Dr. Strupp auf ihrem Schoß eingeschlafen, und der darf auf keinen Fall geweckt werden.

Mike wittert die Gelegenheit, weiter über »diesen Horror-Blog« mit mir sprechen zu können.

»Ich weiß echt nicht, was ich machen soll!«, erklärt er und bietet mir sogar an, einen Tee mit dem Namen *Alibabas vierzig Düfte* für mich zu kochen. »Oder magst du lieber *Buddhas Geheimnis*?«

»Sind die alle aus deinem Mädchenverzauberungskasten?«, frage ich und würde mir am liebsten auf der Stelle die Zunge dafür abbeißen. Mike wird ein bisschen rot.

»Nein, das sind die komischen Tees, die meine Mutter immer kauft. Du glaubst doch jetzt nicht, ich würde versuchen, dich irgendwie … Also, ich würde mir so komische Teenamen ausdenken, um dich …«

Jetzt werde ich rot. Und ehrlich gesagt nicht nur ein bisschen.

»Nein!«, sage ich schnell, aber das Blut in meinem Kopf verrät natürlich, dass ich mich total ertappt fühle.

Ich weiß selbst nicht so genau, was ich mit dieser blöden Bemerkung wollte. Wahrscheinlich einfach nur recht behalten. Einfach nur einen Beweis dafür liefern, dass in meinem »Horror-Blog« nicht nur Schrott steht.

Aber fühle ich mich denn überhaupt angebaggert? Nur weil Mike mir magisch klingende Teesorten anbietet?

»Am Ende bist du auch eine von denen, die mich wegen *Girlaxis* jetzt total bescheuert finden!«, sagt Mike, als wir mit den köstlich dampfenden Teetassen in seinem Zimmer sitzen.

»Nein, bin ich nicht. Das war echt ein saublöder Witz eben mit dem Mädchenverzauberungskasten!«

Mike setzt sich auf seinen Schreibtischstuhl und starrt aus dem Fenster. Wahrscheinlich, um so wenig anmacherisch wie möglich rüberzukommen. Oder weil er wegen der ganzen Disserei in der Schule depressiv geworden ist.

»Die Mädchen in meiner Klasse reden nicht mehr mit mir«, murmelt er vor sich hin und blickt auf die schmutzig weiße Wand vom Haus gegenüber. »Die drehen sich weg, wenn ich vorbeikomme. So wie in diesen blöden Highschool-Filmen, wenn jemand die Klassenkasse gestohlen hat.«

»Und die Jungs?«, frage ich leise.

»Ach, die! Die glauben doch jetzt auch irgendwie, ich wäre manisch oder panisch am Baggern. Manche haben mir mitleidig auf die Schulter geklopft. Aber ich weiß nicht, ob sie Mitleid wegen dem blöden Blog hatten oder wegen meiner angeblichen Mädchensucht.«

Plötzlich dreht sich Mike zu mir um und sieht mich mit einer Art Röntgenblick an. Ich fühle mich bis auf die Knochen durchleuchtet, und ich bin mir plötzlich sicher, dass er alles weiß. Doch dann sagt er einfach nur: »Du bist echt die Einzige, die irgendwie noch normal zu mir ist. Dabei kennen wir uns ja kaum. Du hättest doch allen Grund, mich genauso doof zu finden wie all die anderen Mädchen.«

Ich weiß, dass ich jetzt so Sachen sagen sollte wie: Ach, Quatsch! Was ist denn schon so ein blöder Bog! Weiß doch keiner, wer den geschrieben hat. Man sollte sich nie auf die Urteile anderer verlassen. Und schon gar nicht von Leuten, die aus dem Hinterhalt versuchen, andere fertigzumachen.

Stattdessen sage ich: »Ist mir eigentlich egal, was da in dem Blog steht. Und ob das stimmt oder nicht.«

Mike verschluckt sich am Tee und bekommt einen Hustenanfall. Als er sich wieder beruhigt hat, meint er: »Hört sich so an, als wäre ich dir überhaupt ziemlich egal.«

Schon wieder werde ich rot. Und dann sage ich doch noch all die Sachen, die man eigentlich in so einer Situation sagen sollte. Von wegen blöder Blog und so. Mist. Genau das wollte ich eigentlich nicht. Ich habe das Gefühl, mich und meine Arbeit verraten zu haben.

08

AM NÄCHSTEN MORGEN fängt mich Sarah wieder vor der Schule ab. »Hast du die neuen *Girlaxis*-Einträge gelesen?«, fragt sie ganz außer Atem.

Ich spüre, wie mir das Blut in den Kopf steigt. Ich hatte den Blog doch gelöscht! Wie kann es da neue Einträge geben? Hektisch zerre ich mein Handy aus der Tasche und gebe die Adresse ein. Tatsächlich, mein Blog ist wieder da. Er sieht haargenau so aus wie früher und enthält auch all meine alten Posts. Das allein ist schon sehr spooky. Noch gruseliger finde ich allerdings, dass es auch einen neuen Eintrag gibt. **Und der ist definitiv nicht von mir!** Ich bekomme ganz feuchte Hände, so unheimlich ist mir die Sache.

Neuigkeiten von Nils Hartmann

... der in Wirklichkeit Mike Hoffmann heißt, wie eine Kommentatorin neulich so treffend bemerkte.
Nils – also Mike – hat diesen Blog entdeckt, so wie ungefähr 99,9 % der Leute auf seiner Schule und in seinem Freundeskreis.
Und: Er plant einen Rachefeldzug. Fieberhaft versucht er rauszukriegen, wer wohl hinter **Girlaxis**

steckt. Natürlich muss es jemand aus seinem nächsten Umfeld sein! Wenn er es rausfindet, wird er nicht zimperlich sein. Denn eins steht fest: **Girlaxis** hat ihm ganz schön die Tour vermasselt und seinen Ruf ruiniert. Er hat sich sogar schon erkundigt, wie man selbst einen Blog schreibt.
Woher ich das weiß? Staatsgeheimnis! Der Feind liest schließlich mit, und ich darf mich durch nichts verdächtig machen!

Ich kann es nicht fassen! Jemand hat meinen Blog geklaut! Derjenige muss all meine Einträge kopiert haben. Und als ich den Blog gelöscht habe, hat er einfach unter demselben Namen einen neuen eröffnet und alles wieder reinkopiert. Aber wer könnte so etwas tun? Sarah? Nelson? Mike? Oder ein Fremder? Vielleicht sind mir alle längst auf die Schliche gekommen und versuchen, mich auf hinterhältige Art in den Wahnsinn zu treiben! Mir wird ganz flau, während Sarah mich erwartungsvoll anschaut. »Na, was sagst du dazu?«

»Wow«, sage ich. »Das wird ja immer komplizierter!«

Ich sehe Sarah forschend ins Gesicht. Ihre harmlos blauen Augen und die perfekt verteilten Sommersprossen auf der Nase lassen sie durch und durch unverdächtig wirken. Aber was sagen schon Sommersprossen und Augenfarbe über den wahren Charakter eines Menschen aus?

»Glaubst du immer noch, dass Ann-Caterine hinter

allem steckt?«, frage ich so desinteressiert wie möglich.

»Wer denn sonst?!«, antwortet Sarah und zieht die Stupsnase kraus, sodass die Sommersprossen ein bisschen durcheinandergeraten.

»Und hast du schon jemandem außer mir von dem Verdacht erzählt?«, hake ich vorsichtig noch mal nach.

Sarah schüttelt den Kopf. »Ich bin doch nicht blöd!«

Doch dann grinst sie plötzlich auf eine mir bisher vollkommen fremde Art und malt mit dem Zeigefinger eine seltsame Spirale in die Luft.

»Aber ich habe Nelson zu der Sache mal befragt«, erklärt sie, während der Finger immer kleinere Kreise zieht. »Schließlich muss er sich auch in dem Blog wiedererkannt haben. Und er muss sich doch fragen, wer das alles über ihn geschrieben hat.«

»WO HAST DU IHN DENN GETROFFEN? WAS HAT ER GESAGT?«, will ich wissen.

Sarah grinst genüsslich. »Ich weiß, du bist wahrscheinlich immer noch verknallt in ihn«, meint sie und zwinkert mir zu. »Auch wenn er in diesem Blog ja nicht grade besonders gut wegkommt!«

Ich lasse die Anschuldigung protestlos über mich ergehen, nur damit Miss Pinguin endlich weitererzählt.

»Ich hab ihn im Supermarkt getroffen«, erklärt sie endlich. »Er stand in der Schlange an der Kasse direkt vor mir. Und er war natürlich viel zu cool, um sich über den Blog aufzuregen. Er meinte, auf so hysterisches Psycho-Gelaber würde er nichts geben. Das würde doch einfach nur schlecht auf den Schreiber selbst zurückfallen. Und später hat er noch gesagt: Wer sich so viel Mühe und Arbeit mit dem Lästern macht, der ist doch einfach nur 'ne arme Sau! Das wollte er vielleicht auch noch mal in dem Blog als Kommentar irgendwo drunterschreiben. Aber eigentlich wäre ihm das auch schon zu blöd.«

Sarah nickt, als müsse sie Nelson irgendwie recht geben, und fügt dann noch ein »Arme Ann-Caterine!« hinzu.

»Wieso arme Ann-Caterine?«, frage ich. »Wer sagt denn, dass Nelson recht hat? Wer sagt, dass Ann-Caterine eine arme Sau ist? Vielleicht ist sie ja auch eine coole Schreiberin. Eine messerscharfe Beobachterin. Ich meine, es ist doch nicht alles schlecht, was da in dem Blog steht.«

Sarah schaut mich verwirrt an. »Ich meine doch nur *arme Ann-Caterine*, weil man ja nie weiß, ob sie nicht mit der ganzen Sache auffliegt. Und am Ende hat sie dann dieses Arme-Sau-Image.«

Mir wächst das Thema über den Kopf. »Ach so«, sage ich einfach nur und steuere in Richtung Klassenzimmer. Diesmal haben wir Mathe. Und ich versuche, mich nur noch auf Zahlen zu konzentrieren und keinem einzigen Wort in meinem Kopf mehr Aufmerksamkeit zu schenken. Schon gar nicht Ausdrücken wie »arme Sau« oder »hysterisches Psycho-Gelaber«.

Mit angeschlagenem Magen und wackeligen Beinen schleppe ich mich durch den Schultag, und irgendwann kann ich an nichts anderes mehr denken als daran, wer meinen Blog geklaut hat. Sarah traue ich es einfach nicht zu. Und Nelson ist zu cool, um sich so viel Arbeit zu machen. Bleibt nur Mike oder jemand Fremdes. Ich finde, jemand Fremdes scheidet aus. Es gibt einfach kein Motiv. Bleibt also nur noch Mike, der ja dann auch den letzten Eintrag zum Thema *Rachefeldzug* geschrieben haben muss. Unter dem Tisch habe ich den Text inzwischen bestimmt hundert Mal gelesen. Besonders die Stelle:

Fieberhaft versucht er rauszukriegen, wer wohl hinter Girlaxis steckt. Natürlich muss es jemand aus seinem nächsten Umfeld sein! Wenn er es rausfindet, wird er nicht zimperlich sein. Denn eins steht fest: Girlaxis hat ihm ganz schön die Tour vermasselt und seinen Ruf ruiniert. Er hat sich sogar schon erkundigt, wie man selbst einen Blog schreibt.

Ich muss unbedingt rauskriegen, ob er es war. Und wenn er es war, dann ist er der durchtriebenste und hinterhältigste Mensch im ganzen Universum. Dann macht er mir gegenüber auf Schmunzelhasen-Freund mit niedlicher Zahnlücke, und in Wirklichkeit …

Als ich Peps nachmittags vom Kindergarten abhole, ist mir immer noch ein bisschen schlecht.

»Kannst du mich heute wieder zu Lionel bringen?«, fragt sie und läuft im Hopserschritt neben mir her. Sie wirkt so gut gelaunt wie seit Ewigkeiten nicht mehr. Unglaublich, was so ein Freund mit Babyhund alles bewirken kann!

Ich schnappe mir ihre kleine, klebrige Hand und ziehe Peps zu mir heran.

»Hör zu!«, sage ich. »Ich würde dich wieder hinbringen, aber nur unter einer Bedingung!«

Peps schaut mich mit zusammengekniffenen Augen gegen die Sonne an.

»Bedingung?«, fragt sich ungläubig. Schließlich ist sie es, die normalerweise Bedingungen stellt.

»Ja, ich brauche dich für eine bestimmte Sache. Du musst mir helfen!«

Ich bin mir sicher, dass sich meine Schwester auf der Stelle tausend Ausreden ausdenken wird, warum sie leider gerade nichts für mich tun kann – egal, was es ist. Aber das Gegenteil ist der Fall! Peps grinst nur und nickt. Sie ahnt wohl, dass ich etwas Verbotenes vorhabe. Und für Abenteuer ist sie immer zu haben.

»Hör zu, du musst aber total verschwiegen sein und darfst niemandem etwas erzählen. Keiner Menschenseele, okay?«

Peps nickt eifrig weiter. »Auch keiner Hundeseele?«

»Auch keiner Hundeseele. Und schon gar nicht einer Babyhundeseele. Auch nicht in Hundebabysprache oder so.«

Ohne eine Sekunde zu zögern, schwört Peps auf ihr Leben und dann noch auf das Leben von Dr. Strupp, dass sie schweigen wird wie ein Grab. Und dann will sie endlich wissen, was für einen geheimen Plan ich mir ausgedacht habe.

»Also, pass auf, ich muss unbedingt etwas auf Mikes Computer nachsehen. Und deswegen wäre es super, wenn du Mike in der Zwischenzeit etwas ablenken könntest. Sagen wir, fünf Minuten oder so. Damit ich alleine in seinem Zimmer sein kann.«

Peps legt die Stirn in Falten, und die Mundwinkel sacken ein Stückchen nach unten.

»Das ist alles? Das ist ja total langweilig!« Enttäuscht reißt sie sich von meiner Hand los und schlurft lustlos neben mir her.

»Hey, ich wollte dich einfach nur um einen Gefallen bitten. Ich habe nicht gesagt, dass wir den Heiligen Gral entdecken oder einen Banksafe knacken.«

Peps antwortet nicht mehr.

»Also, was ist jetzt, bist du dabei? Kann ich mich auf dich verlassen?«

»Ja, ja«, nuschelt sie und rupft im Vorbeigehen ein paar Blätter von einer Vorgartenhecke ab. Von ihrem Abenteuergeist ist leider nichts mehr übrig geblieben.

Dann sind wir auch schon da, und Pepsi klingelt, ohne dass wir unseren Plan genauer ausgearbeitet haben. Mike macht uns die Tür auf, und mir fällt siedend heiß ein, dass ich ja gar nicht eingeladen bin. Und dass ich von Mikes Wohlwollen, mich hereinzubitten, abhängig bin. Was, wenn er nach meinem gestrigen Auftritt gar keine Lust mehr auf mich hat? Wenn er gar nicht fragt, ob wir noch einen Tee zusammen trinken?

Gedacht – getan! Er fragt tatsächlich nicht, und ich stehe ziemlich verlegen in der Tür und trete von einem Bein aufs andere. Pepsi ist auch keine Hilfe. Sie rennt einfach durch in Lionels Zimmer und kümmert sich einen Dreck um unseren Plan.

Eigentlich müsste ich mich jetzt selbst einladen. Aber die Tatsache, dass Mike unter dringendem Tatverdacht steht, mich vernichten zu wollen, macht mir das Freundlichsein echt schwer.

Gott sei Dank taucht plötzlich und wie aus dem Nichts Mikes Mutter. Frau Hoffmann ist groß und schlank, trägt ein geblümtes Kleid und hat eine rauchige Stimme wie eine Rocksängerin. »Du bist also die Schwester von der lustigen Pepsi. Willst du nicht reinkommen und einen Tee mit uns trinken?«

Mike, dem das Erscheinen seiner Mutter offensichtlich peinlich ist, rollt mit den Augen und schüttelt den Kopf. »Wir wollten grade mit dem Hund 'ne Runde rausgehen«, behauptet er. Dann schnappt er sich die Leine, pfeift nach Dr. Strupp, überhört Pepsis Protestrufe und winkt mich mit nach draußen.

»Meine Mutter will immer alle Freunde und Freundinnen ihrer Söhne kennenlernen. Besonders die Freundinnen«, erklärt Mike, als wir auf der Straße angekommen sind. »Das nervt!«

Ich überlege kurz, was es bedeutet, dass er mich indirekt als Freundin bezeichnet, und wie das zu seinem gemeinen Plan gehört, mich fertigzumachen. Erst in Sicherheit wiegen – und dann zuschlagen? Aber es bleibt mir nichts anderes übrig, als dieses Freundschaftsding mitzumachen. Immerhin will ich doch wieder mit zu ihm nach Hause und an seinen Computer ran.

»Ich fand deine Mutter nett«, sage ich. »Mit dem romantischen Kleid und der coolen Stimme …«

Mike lacht einmal auf. Damit ist das Thema wohl für ihn beendet. Jedenfalls will er plötzlich und ganz unvermittelt über Sarah sprechen.

»Sag mal, dieses Mädchen neulich mit dem schimmernden Fischschuppenpullover, ist das eigentlich deine Freundin?«, fragt er.

»Pailletten. Das sind keine Fischschuppen, sondern Pailletten. Und das Mädchen heißt Sarah.«

»Okay, also Pailletten-Sarah, ist sie eine Freundin von dir?«

Ich zucke mit den Schultern. »Eigentlich habe ich noch gar keine Freunde hier. Bin doch gerade erst hergezogen«, erkläre ich.

Mike nickt und starrt eine Zeit lang auf Dr. Strupp. Der kleine Schlittenhund ist an das gradlinige Spazierengehen mit Leine noch nicht so richtig gewöhnt. Jedenfalls bleibt er ständig stehen oder tollt plötzlich in eine andere Richtung los und stranguliert sich beinahe dabei.

Dann bleibt Mike plötzlich stehen und schaut mir ins Gesicht.

»Also, egal ob Freundin oder nicht. Glaubst du, Sarah könnte diese durchgeknallte *Girlaxis*-Bloggerin sein?«

»Wie kommst du denn darauf?«, frage ich mit klopfendem Herzen und komme mir plötzlich vor wie beim Topfschlagen, wenn es auf einmal ganz, ganz heiß wird. Wobei ich der Topf bin und Mike der blind um sich schlagende Holzlöffel.

Inzwischen sind wir im Grüngürtel an der Hundewiese angekommen, und der verrückte Doktor wird von der Leine gelassen. Er tollt durch das hohe Gras, und einen Moment lang würde ich am liebsten mit ihm tauschen. Wie gerne würde ich manchmal so ein verspieltes Hundeleben führen statt ein kompliziertes Menschenleben!

»Na ja«, erklärt Mike weiter. »Weil in *Girlaxis* neulich so eine Situation beschrieben wurde, die der Szene mit Glitzerschuppenfisch-Sarah im Coffeeshop ziemlich ähnelte. Nur dass sie nicht im Coffeeshop spielte. Und statt Lippenstift am Zahn gab es einfach nur dicke Schminke im Gesicht. Da dachte ich, vielleicht schreibt Sarah ja den Blog. Weil sie schließlich außer uns beiden als Einzige dabei war.«

Mir schießt das Blut in den Kopf. »Wenn du das glaubst, dann könntest du ja auch gleich denken, ich hätte das geschrieben«, protestiere ich geistesgegenwärtig.

Mike lacht. »Tue ich aber nicht.«

»Oder ich könnte denken, du hättest es geschrieben«, füge ich noch geistesgegenwärtiger hinzu.

»Denkst du das?«, fragt Mike und schmunzelt mich aus seinem Schmunzelhasengesicht an.

»Wer weiß«, schmunzel ich zurück und kann nicht glauben, wie cool ich reagiere – obwohl ich innerlich kurz vor einer Herzattacke stehe.

Als Mike nach einiger Zeit Dr. Strupp wieder eingefangen geht, denke ich fieberhaft darüber nach, wie ich heute doch noch meine Computermission erfüllen kann. Der Hund lässt sich nur ungern wieder an die Leine legen und von der Hundewiese wegzerren, sodass Mike ihn schließlich wegtragen muss.

»Eigentlich lohnt es sich für mich gar nicht, noch mal nach Hause zu gehen«, sage ich schnell. »Peps kann ohnehin nicht so lange bleiben. Und wenn ich jetzt zu meiner Oma fahre, muss ich eigentlich schon wieder umdrehen, um sie abzuholen.«

Mike grinst. »Hast du dich gerade zu einer Tasse *Buddhas Geheimnis* oder *Alibabas vierzig Düfte* bei mir einladen?«

Ich stöhne.

»Hey, war nur ein Witz«, erklärt Mike. »Keine Angst, ich mache mir keine Hoffnungen, dass du auf meinen Tee-Trick reinfällst oder so …«

Als wir bei Mike zu Hause angekommen sind, erkläre ich Pepsi, dass wir heute nicht so lange bleiben können – weil ich das ja schließlich vor Mike auch behauptet habe. Wie zu erwarten, ist sie nicht begeistert. Sie bekommt einen ihrer gefürchteten Wutanfälle und ist kurz davor, sich auf den Boden zu werfen und mit den Fäusten um sich zu schlagen. Als sie sich wieder beruhigt hat, verschwinde ich mit Mike in seinem Zimmer und hoffe darauf, dass sie sich trotz des Ärgers an ihr Versprechen erinnert.

Mike zeigt mir seine neue Gitarre und spielt mir einen ziemlich monotonen Song vor, den er gerade in seiner ersten Gitarrenstunde gelernt hat. Es dauert eine Ewigkeit, bis es endlich klopft und Peps den Kopf zur Tür hineinsteckt. »Kannst du mal schnell kommen?«, fragt sie Mike und sieht dabei aus, als wäre es echt dringend. Peps ist eine super Schauspielerin! Das muss ich mir merken, wenn sie demnächst wieder heulend vor mir steht, weil sie irgendetwas von mir will. Mike springt jedenfalls sofort auf, und ich habe endlich Zeit, mir seinen Laptop vorzuknöpfen. Obwohl ich mich echt beeilen sollte, sitze ich plötzlich wie gelähmt vor dem Rechner und traue mich kaum, ihn zu berühren. Es ist schon eine ganz schön krasse Maßnahme, in den persönlichen Daten eines fremden Menschen rumzuschnüffeln. Na ja, immerhin bin ich selbst auch in einer ganz schön krassen Situation. Wenn Mike mich wirklich fertigmachen will, dann muss ich zu solchen Maßnahmen greifen! Wenn ich ihn allerdings zu Unrecht verdächtige, dann gnade mir Gott!

Es dauert eine halbe Ewigkeit, bis ich mit zittrigen Fingern den Laptop aufklappe und mir den Internet-Verlauf ansehe. *Girlaxis* ist allein heute schon fünf Mal aufgerufen worden. Gerade als ich den Blog geöffnet habe, geht die Tür wieder auf, und Mike steht mit dem winselnden Dr. Strupp im Arm vor mir. Ich falle vor Schreck fast vom Stuhl.

»Ich wollte …, ich dachte, ich gucke mal kurz, was nun wirklich bei *Girlaxis* so steht, weil du doch meintest …« Ich schnappe nach Luft und würde am liebsten auf der Stelle im Boden versinken. Mike schaut mich aus panisch geweiteten Augen an. Doch statt auch nur ein einziges Wort über mein Verbrechen zu verlieren, ruft er: »Wir müssen schnell zum Tierarzt, Struppi hat eine Wespe verschluckt!«

»Und die hat ihn gestochen!«, kreischt Peps, die hinter ihm auftaucht. »Ich hab noch versucht, die Wespe aus seinem Maul zu holen. Aber dabei hat er mich in den Finger gebissen!«

Auch Mikes Mutter ist inzwischen angerannt gekommen. Sie fragt, ob Pepsi und ich bei Lionel bleiben können, während sie mit Mike und Strupp in die Notaufnahme fährt. Dann sind die beiden auch schon aus der Tür, und ich starre meine Schwester ungläubig an.

»Ich dachte, du hättest Mike gerufen, damit ich in Ruhe den Computer ausspionieren kann!«

Peps hört mir gar nicht zu. »Muss Dr. Strupp jetzt sterben?«, fragt sie und fängt an zu heulen.

Ich zucke mit den Schultern. »Glaub ich nicht!«

»Dann hast du ja jetzt genügend Zeit, um in dem Computer zu spionieren, wenn dir das so wichtig ist«, heult sie weiter und verschwindet in Lionels Zimmer.

Ich habe tatsächlich zwei ganze Stunden Zeit, um Mikes Laptop und sein ganzes Zimmer auf den Kopf zu stellen. Aber nach zwanzig Minuten verliere ich die Lust. Es lässt sich sowieso nichts Verdächtiges finden, und außerdem komme ich mir schrecklich schäbig vor. Ich hab total hinterhältig herumspioniert und auch noch meine kleine Schwester in die Sache mit hineingezogen. Außerdem habe ich Mikes Vertrauen missbraucht und kann jetzt nur hoffen, dass er zu gutgläubig ist, um mir auf die Schliche zu kommen. Und dass er zu sehr von der Todesangst um Dr. Strupp eingenommen war, um mein Vergehen richtig bemerkt zu haben.

Die restliche Wartezeit verbringe ich auf Mikes Bett und starre gegen die Raufaserdecke mit den eingelassenen Halogenleuchten, die aussehen wie erloschene Sterne an einem aufgeräumten Himmel.

Als die drei endlich wieder da sind, fällt mir ein Stein vom Herzen. Dr. Strupp lebt und kann sogar schon wieder ein bisschen mit dem Schwanz wedeln – auch wenn der wegen der Beruhigungsmittel aussieht wie eine schlappe Nudel im Wind.

Über meine Computerspionage verliert Mike kein Wort mehr. Entweder, er hat den Vorfall vor lauter Panik wirklich nicht richtig wahrgenommen, oder er ist so schockiert, dass er wortlos mit mir abgeschlossen hat. Dass er einfach nur wartet, bis ich gehe und für immer aus seinem Leben verschwunden bin. Beides passt allerdings nicht zu meiner Theorie, dass Mike ein ausgefuchster Psycho-Stratege ist. Ein hinterhältiger Fertigmacher, der mich mit der Neueröffnung meines eigenen Blogs in den Wahnsinn treiben will.

Nachdem wir alle ein paar andächtige Minuten lang um den schlafenden Doktor herumgestanden haben, will Mikes Mutter Peps und mich nach Hause bringen.

»Ihr wolltet doch längst weg sein!«, sagt sie besorgt. »Sicher müsst ihr noch Hausaufgaben machen, so wie Mike!«

Mike rollt schon wieder mit den Augen, und Peps und ich lassen uns wortlos nach Hause kutschieren.

Als Peps und ich abends im Bett liegen, skypen wir noch ein bisschen mit unserer Mutter. In Singapur ist es schon früh am Morgen, und Mama hat sich das Frühstück aufs Zimmer kommen lassen. Sie sitzt da mit ihrer Stewardessen-Uniform aus diesem fiesen Synthetikstoff und hat Lockenwickler im Haar.

»Na, ihr Mäuse, in zwei Tagen komme ich zu euch geflogen!«, sagt sie und nippt an ihrem Hotelkaffee.

»Dr. Strupp ist heute beinahe gestorben«, erzählt Pepsi und zieht den Computer zu sich auf den Schoß. »Er hat eine Wespe verschluckt, und die hat ihn mitten ins Luftrohr gestochen.«

»Wer ist denn Dr. Strupp? Ohms Hausarzt?«, will Mama wissen.

»Nein, der Babyhund von Mels Freund. Und von dem Bruder von Mels Freund, der auch ein bisschen mein Freund ist.«

Ich bin zu schlapp, um mal wieder gegen meine angebliche Freundschaft mit Mike zu protestieren. Die hat sich nach meiner Spionageaffäre ja wahrscheinlich ohnehin erledigt.

Als Peps fertig erzählt hat, reicht sie mir Mama noch einmal rüber.

»Mel, mein Engel, hört sich an, als wäre es bei euch ein bisschen friedlicher geworden. Freut mich so, dass ihr jetzt Freunde gefunden habt!«

Ich nicke, und ohne zu wissen, warum, kämpfe ich plötzlich gegen die Tränen.

»Sehen wir uns am Samstag?«, will Mama wissen. »Ich lande um fünf und komme dann direkt zu euch.«

Ich nicke wieder.

»Alles klar, meine Große?«

»Ja, alles klar, bis Samstag«, kriege ich gerade noch raus, ohne dass meine Stimme allzu sehr wackelt. Dann klappe ich den Klapprechner zu und weine lautlos ins Kopfkissen.

09

BEIM FRÜHSTÜCK schaue ich noch schnell bei *Girlaxis* rein. Gott sei Dank gibt es keinen neuen Eintrag. Außerdem gucke ich noch bei Facebook nach, wer die Blog-Infos inzwischen geteilt hat. Doch statt neuer *Girlaxis*-Posts springt mir eine ziemlich unglaubliche Statusmeldung auf meiner Seite entgegen:

Mel Reiche ist in einer Beziehung mit Mike Hoffmann.

Ich bin was? Mir schießen schon wieder die Tränen in die Augen. Unter dem Eintrag gibt es einen Haufen Kommentare.

Mel, hast du denn Girlaxis nicht gelesen?

Mel, der Typ ist doch unterirdisch!
Lass die Finger von dem!

Panisch lösche ich den Eintrag, und dann dreht sich schon wieder das Denkkarussell in meinem Kopf. Fieberhaft überlege ich, wer diese Meldung wohl geschrieben haben könnte. Wer mein Passwort kennt oder mein Handy in der Hand hatte, auf dem mein Facebook-Account immer offen ist. Ich glaube, Mike scheidet aus. Warum sollte er so was machen? Um mir zu schaden? Das wäre doch Quatsch. Mit so einem Eintrag würde er sich selbst doch viel mehr »schaden«. Eigentlich ist es aus demselben Grund ja auch totaler Quatsch, dass er der *Girlaxis*-Wiederbeleber sein soll. Warum ist mir das nicht gleich eingefallen? Mir wird schwindelig, und ich bekomme keinen Bissen runter. Ohm hat Müsli mit Früchten gemacht, und Peps, die schon am Tisch sitzt, löffelt munter vor sich hin. Ich stochere nur in der Pampe herum und sehe meiner Schwester dabei fest in die Augen.

»Sag mal, warst du vielleicht auf meiner Facebook-Seite?«

Pepsi schüttelt den Kopf.

»Und hast du angeklickt, ich wäre in einer Beziehung? Und hast dann Mikes Foto angeklickt?«

Wieder schüttelt Pepsi den Kopf. Doch diesmal grinst sie dazu. »Ich war das nicht alleine. Lionel hat mir geholfen. Der kann doch schon ein bisschen lesen.«

Statt sich von meinen Blicken töten zu lassen, schaufelt Peps genüsslich noch einen weiteren Löffel in den Mund und sagt: »Ihr seid doch da drin, oder? Ich meine, in so einer Beziehung. Lionel hat das jedenfalls gesagt.«

Ich bin kurz davor, Peps mein Müsli ins Gesicht zu klatschen. Stattdessen schleudere ich ihr ein »Krieg!« ins Gesicht, stehe auf, schnappe mir meine Schultasche und renne aus dem Haus. Peps läuft mit dem Löffel in der Hand hinter mir her. »Mel, warte! Ich bin doch noch gar nicht fertig!«

»Lass mich in Ruhe!«, schreie ich und renne einfach weiter. Diesmal schaffe ich es tatsächlich, meine Schwester abzuhängen. Ist mir ganz egal, wie sie in den Kindergarten kommt. Ich bin schließlich nicht ihr Babysitter. Genau genommen bin ich selber noch so eine Art Kind. Jedenfalls bin ich kein Erwachsener, der ein verrücktes kleines Mädchen durch ihre verrückte kleine Welt steuern kann.

Kurz bevor ich das Schulgebäude erreiche, fällt mir ein, dass Sarah Pinguin meinen veränderten Beziehungsstatus gar nicht kommentiert hat und dass sie ja eigentlich selbst gerne in einer »Beziehung« mit Mike Hoffmann wäre. Oder zumindest gewesen wäre, bevor sie *Girlaxis* gelesen hat. Sarah fängt mich auch gar nicht vor der Schule ab, so wie sonst immer. Stattdessen steht sie im Klassenraum und tuschelt mit Bella, ihrer Exfreundin, mit der sie sich plötzlich wieder supergut zu verstehen scheint. Als Bella und Sarah mich sehen, hören sie auf der Stelle mit dem Tuscheln auf. Damit wäre wohl auch klar, über wen sie sich gerade ausgetauscht haben. Ich wage die Flucht nach vorne und stelle mich einfach zu ihnen.

»Hi, Sarah«, sage ich und fange mir einen herablassenden Blick ein, den ich zu ignorieren versuche. »Stell dir vor, meine Schwester hat gestern mein Handy gemopst und heimlich meinen Beziehungsstatus verändert«, erkläre ich möglichst unaufgeregt.

Sarah schaut mich prüfend an.

»Ach ja?«, fragt sie schnippisch. »Dann wird wohl was dran sein an der Beziehung. Ich hatte ja damals auch schon so eine Vermutung …«

Irgendwie habe ich plötzlich nicht mehr die Kraft, um mich weiter zu verteidigen. Zumal auch Bella mich anschaut, als wäre ich eine Schwerverbrecherin.

»Glaubt doch, was ihr wollt«, sage ich und setze mich auf meinen Platz. Erst hier fällt mir auf, wie schlecht es meinem Magen wirklich geht. Da er nichts zu verdauen hat, scheint er sich gerade selbst aufessen zu wollen. Darum stehe ich einfach wieder auf und gehe zurück nach Hause. Ohne mich abzumelden und ohne irgendjemandem irgendeine Erklärung abzugeben.

Peps ist in der Zwischenzeit allein in den Kindergarten gegangen, und Ohm ist ein bisschen sauer, dass ich abgehauen bin – sowohl von zu Hause als auch von der Schule. Darum täusche ich eine echte Magen-Darm-Grippe vor, die mir einerseits ein bisschen Mitleid und andererseits ein bisschen Abstand einbringt. Ohm fürchtet nämlich nichts mehr, als sich mit Krankheiten anzustecken. Und Magen-Darm-Krankheiten stehen auf der Panik-Hitliste ganz oben.

Ich schlafe den ganzen Vormittag, und nachmittags höre ich ein paar alte Drei-Fragezeichen-CDs. Erst denke ich, ich könnte mich damit ablenken. Aber dann komme ich noch schlechter drauf, weil mich die CDs an früher erinnern. Und daran, dass auch früher schon meine Welt nicht in Ordnung war. Meistens wegen Mama und den Männern. Und dass sie vielleicht nie richtig in Ordnung sein wird, obwohl ich mich die ganze Zeit abstrampele wie ein Hamster im Rad. Darum mache ich den CD-Player wieder aus und döse weiter vor mich hin.

Mittags klingelt mein Handy, und Mikes Nummer erscheint auf dem Display. Ich überlege echt lange, ob ich rangehen soll. Aber irgendwann muss ich mich der Facebook-Beziehungsstatus-Sache und der Computer-Spionageaffäre ja doch stellen. Also drücke ich auf annehmen und warte auf das Donnerwetter am anderen Ende. Aber Mike ist kein bisschen sauer. Vorsichtshalber entschuldige ich mich trotzdem und schiebe den Beziehungsstatus-Eintrag natürlich auf Peps.

»Ach so, und ich dachte schon, du findest mich am Ende doch noch ganz okay«, erklärt Mike und lacht. Er lacht irgendwie nett. Und ich muss an so eine Lebensweisheit denken, die Ohm mir mal aufschwatzen wollte. Dass man nicht warten sollte, bis eines Tages das ganz große Glück vor der Tür steht. Sondern dass das Glück immer da ist. Es ist in den kleinen Sachen versteckt, die einen umgeben. Und wenn man die Zeit mit Warten vergeudet, vergisst man, das kleine Glück zu entdecken. Und dann ist es einfach futsch. Das kleine und das große Glück. Denn das große setzt sich aus ganz vielen kleinen Glücks zusammen – behauptete Ohm.

Jedenfalls tut Mikes Lachen in Kombination mit dem ausbleibenden Donnerwetter irgendwie gut. Und dann lädt er mich auch noch zu seinem Geburtstag am Samstag ein. Und zwar nur mich alleine! Ich bin dermaßen baff, dass ich fünf Mal nachfrage, ob er das auch wirklich ernst meint, und warum er ausgerechnet mich ausgewählt hat. Er erklärt irgendwas von wegen, seine beiden besten Freunde wären übers Wochenende nicht da und die anderen seien sowieso alle gerade *Girlaxis*-verstrahlt. Außerdem hätte er etwas vor, wozu er jemand Unerschrockenen braucht. »Aber wenn du keine Lust hast, kann ich das natürlich verstehen. Ich meine, wir kennen uns kaum, und vielleicht findest du mich ja auch total behämmert.«

»Nein!«, unterbreche ich ihn. »Lass uns das machen! Obwohl ich nicht versprechen kann, dass ich unerschrocken bin.«

Mike lacht schon wieder auf diese nette Art.

»Wer gekidnappte Babyschlittenhunde auf dem Hauptbahnhof wiederfindet, der muss einfach unerschrocken sein«, sagt er.

Als ich auflege, muss ich noch mal ganz kurz an Sarah denken. Und dass sie am Ende recht behalten könnte, was meine Freundschaft zu Mike angeht. Aber das ist mir jetzt auch egal.

Am Nachmittag hole ich Peps vom Kindergarten ab. Meinem Magen geht es wieder etwas besser. Dennoch trägt Ohm immer noch Gummihandschuhe und ist damit beschäftigt, alles, was ich in den letzten vierundzwanzig Stunden berührt haben könnte, mit Desinfektionsmittel abzureiben.

»Und vergiss nicht, Pepsi auf Abstand zu halten!«,

ruft sie mir noch nach. »Nicht dass die sich auch noch was einfängt!«

Ich komme allerdings gar nicht dazu, meine Schwester von mir fernzuhalten. Sie ist wegen meines Abgangs heute Morgen immer noch so wütend, dass sie sich mir ohnehin nicht nähert.

»Kannst gleich wieder gehen!«, zischt Peps, als sie mich sieht. »Hab hier alleine hingefunden und kann auch alleine zu Lionel finden.«

Ich melde Peps schnell bei Frau Albtraum ab und renne ihr auf der Straße hinterher.

»Hey, jetzt krieg dich mal wieder ein! Und verdreh nicht immer alles. Du hattest angefangen, mich zu nerven! Du warst auf meiner Facebook-Seite und hast mir einen Freund angedichtet! Das ist ja wohl tausend Mal schlimmer!«

Peps dreht sich um. Sie ist ganz rot im Gesicht. »Hab ich gar nicht!«, sagt sie wütend.

»Hast du wohl, du hast es ja schon zugegeben!«

»ICH HAB IHN DIR NICHT **GEDICHTET**!«, schreit sie. »Er ist doch dein Freund!«

»IST ER NICHT!«, schreie ich zurück.

»Ach ja? Und warum läufst du mir dann hinterher? Du traust dich ja nur nicht, alleine zu Mike zu gehen. Darum tust du immer so, als müsstest du mich hinbringen. Aber du musst mich gar nicht hinbringen!«

Das sitzt. Ich bleibe mitten auf der Straße stehen und sehe Peps nach, die sich immer weiter von mir entfernt, ohne sich noch mal umzudrehen. Ich sehe ihr rotes Kleid mit den kleinen weißen Punkten, das

Mama ihr mal aus New York mitgebracht hat. Und ich höre das Klatschen ihrer Flipflops auf dem Asphalt, das langsam immer leiser wird. Einen Moment überlege ich, ob ich ihr nachschleichen sollte. Nur um mir hinterher keine Vorwürfe machen zu müssen, dass ich sie schon wieder alleine habe durch die Stadt laufen lassen. Aber da ist sie schon außer Sichtweite, und mein Magen fängt wieder an zu rumoren.

Irgendwie mag ich Peps – trotz allem. Sie ist viel eigensinniger und mutiger als ich. Und vielleicht sogar schlauer. Ich hätte sie tatsächlich gerne zu Lionel begleitet, um Mike zu sehen. Aber das geht jetzt natürlich nicht mehr. Ich traue mich ja kaum mehr, sie abzuholen! **Oder sollte ich auch einfach mutiger werden?** So schnurzpiepegal, wie Peps die Dinge sind, könnten sie mir auch mal sein.

10

»ALSO, IN DER PSYCHOLOGIE nennt man das den Gewöhnungseffekt«, erklärt Emily Dickhaus und schaut jedem Kursteilnehmer einmal kurz in die Augen. Sie trägt heute keine Katzenlinsen, und ich bin fast ein bisschen enttäuscht – auch wenn ich diese Linsen eigentlich albern fand. Vielleicht hatte ich mich ja auch schon an die Katzenaugen gewöhnt. Und Emilys normale graue Augen wirken trüb und traurig dagegen.

»Dabei gewöhnt man sich sowohl an Dinge, die man liebt, als auch an Dinge, die man nicht mag«, erklärt sie weiter. »Das Gemeine ist nur: Die Dinge, die man liebt, verlieren durch die Gewohnheit ihren Reiz. Während die Dinge, die man nicht so mag, ein bisschen an Schrecken verlieren.«

Emily blickt aufmunternd, aber eben auch ein bisschen trübe in die Runde. Irene mit dem Damenbart und Ella Danella tun beeindruckt. Ruth verzieht keine Miene. Vielleicht ist sie ja immer noch beleidigt, weil sie beim letzten Mal nicht drangekommen ist. Und jetzt wird auch noch ihre kostbare Zeit mit irgend so einem Gelaber vergeudet. Keine Ahnung, warum

Emily unser Treffen mit diesem Vortrag beginnt. Vielleicht denkt sie ja, dass sie für das viele Geld, das sie von den anderen Teilnehmerinnen bekommt, mehr leisten muss als zuhören, Meinung geigen und Schriftstellerwohnung herzeigen? Mir soll's recht sein. Denn ich habe in der letzten Woche außer dem kurzen Eintrag über die heillos überschminkte Sarah keinen neuen Text zustande gebracht und bin froh, wenn wir so viel Zeit wie möglich verplempern. Das erhöht die Chance darauf, dass ich gar nicht mehr drankomme und somit auch nicht negativ auffalle.

»Aber kommen wir zum Punkt, kommen wir zum Schreiben!«, erklärt Emily, die übrigens ein Strickkleid anhat, das mit besenstieldicken Nadeln gestrickt worden sein muss. Es besteht zu siebzig Prozent aus Löchern. Überall blitzt ihre knallrote Unterwäsche durch, sodass ich mich kaum traue hinzusehen.

»Also, wenn man das Schreiben als mühsam oder manchmal sogar unangenehm empfindet, was sollte man dann eurer Meinung nach tun: lieber mal ein paar Pausen einlegen, um auf andere Gedanken zu kommen, oder trotz einer kleinen Schreibblockade einfach weiterarbeiten?«

Als nicht sofort jemand reagiert, beantwortet Emily ihre Frage selbst:

»Na, weiterarbeiten natürlich! Ist doch klar! Durch das Weiterarbeiten gewöhnt man sich an die Probleme, die das Schreiben so mit sich bringt, und man lernt, damit umzugehen. Wenn man immer wieder wegläuft, dann muss man sich immer wieder neu daran gewöhnen, und es ist immer wieder schlimm!«

Alle nicken, und Irene findet das »Interessant, interessant!«.

»Pausen sollte man lieber bei den Sachen einlegen, die wirklich Spaß machen. Damit man sich an die nicht so schnell gewöhnt«, erklärt Emily weiter.

Als keiner auf ihre neuen Schreibweisheiten reagiert, wird endlich Ruth das Wort erteilt, die ziemlich missmutig ihren Text vorliest. Um nicht zu sagen, runterrattert. Sie tut mir fast leid, weil sie sich durch ihre miese Laune jetzt auch noch den eigenen Text versaut. Der Inhalt an sich ist auch nicht gerade fesselnd. Die Story handelt von einem Mädchen aus armen Verhältnissen, das zusammen mit ihren Eltern eine **Traumreise** nach Holland geschenkt bekommt. Eigentlich ist es gar keine richtige Geschichte, sondern mehr ein Reisebericht, der ziemlich viele *Und danns* enthält. »Und dann gingen sie an den Strand, und dann aßen sie beim Italiener die leckerste Pizza, die sie je gegessen hatten …«

Ihr Text hat nicht im Geringsten etwas von einer Liebes- bzw. Anti-Liebesgeschichte, und man fragt sich, warum Ruth sich von einer Schriftstellerin anleiten lassen möchte, die sich *Männer, die baggern, beißen auch* auf die Fahne geschrieben hat.

Als sie mit ihrem Vortrag fertig ist, schaut Ruth mit ihren Habichtsaugen auf Emilys Löcherkleid. Das hätte sie vielleicht lieber lassen sollen. Jedenfalls guckt Emily ziemlich angenervt zurück.

»Puh, ich weiß gar nicht, wo ich anfangen soll!«, sagt sie und streicht mit der Hand über die großen Maschen, die Ruth so fest ins Visier genommen hat. »Formal hast du dich oft wiederholt. Und inhaltlich fand ich es ein bisschen brav. Da fehlte ja jede Art von Konflikt. Du weißt schon, dass das A und O jeder Geschichte ein Konflikt ist, oder?«

Ruth regt sich nicht und sagt auch keinen Ton. Sie stiert einfach nur weiter auf das Kleid.

»Und dann dein Vortrag …«, erklärt Emily unbeeindruckt weiter. »Puh, ich weiß nicht. Was sagt ihr anderen zu Ruths Art des Vortrages?«

Ich kann nicht glauben, dass Emily plötzlich so austeilt! Ist sie jetzt etwa beleidigt, weil Ruth beleidigt ist? Oder will sie sie aus der Reserve locken? Oder gar loswerden?

In jedem Fall werden Ruths Habichtsaugen immer angriffslustiger, während sie sich mit den Klauen an ihrer Teetasse festhält.

»Also, Kindchen, der Vortrag hätte vielleicht etwas gefühlvoller sein können«, mischt sich Ella Danella ein. »Aber wir sind ja schließlich alle noch keine Profis …«

»Nein, wir können noch viel lernen, besonders voneinander«, erklärt Irene und nickt ein bisschen vor sich hin.

Ich hingegen starre aus dem Fenster auf den Nachbarbalkon, wo ein schwitzender Mann ein paar Würstchen auf den Grill legt, und hoffe, dass ich nicht zu einem persönlichen Kommentar genötigt werde. Auch wenn ich Ruth eigentlich nicht mag, hat sie wohl heute schon genug eingesteckt. Außerdem sieht sie so aus, als könnte sie kein einziges falsches Wort mehr vertragen, ohne dass ein Unglück passiert.

»Na super!«, platzt es auch schon aus ihr heraus. »Gut, dass ihr euch alle einig seid, ihr Männerhasserinnen und Besserwisserinnen!«

Wir halten die Luft an.

»IST DOCH WAHR!«, erklärt Ruth weiter. »Wenn mal eine von uns nicht darüber schreibt, dass Männer Schweine sind und mit Elektroschockern und Pfefferspray behandelt werden müssen, dann ist sie doch sofort unten durch.«

»Ruth!«, ruft Emily empört.

Aber Ruth ist nicht zu bremsen. »Guckt euch doch mal an!«, poltert sie weiter und kippt beim Aufstehen ihren Stuhl um. »Ihr seid doch alle nur verbittert und bekommt das mit den Typen nicht auf die Reihe. Aber statt die Schuld mal bei euch selbst zu suchen …«

Mit funkelnden Augen tigert Ruth in der Küche umher und steuert direkt auf Irene zu, die mit offenem Mund und weit aufgerissenen Augen wie vom Donner gerührt dasitzt.

»Irene, zum Beispiel! Oh Mann, deine Geschichte mit den behaarten Leggins und dem Zombiegebiss! Rasier dir doch lieber mal den Bart ab, bevor du dir überlegst, wie du dich noch mehr verunstalten kannst!«

Emily, die inzwischen aus ihrer Schockstarre erwacht ist, steht ebenfalls auf und stellt sich Ruth in den Weg.

»Jetzt reiß dich mal zusammen«, zischt sie.

»Warum denn? Ich flieg doch sowieso aus der Gruppe raus! Dann kann ich auch noch meine Meinung sagen!«

Emily legt ihre Hand auf Ruths Schulter und bereut bestimmt, dass sie ausgerechnet heute ihren gefährlichen Katzenblick nicht anwenden kann. Aber Ruth schüttelt sich nur angewidert und springt nach hinten weg.

»FASS MICH BLOSS NICHT AN, DU FALSCHE SCHLANGE!«, kreischt sie. »Du bist doch die Schlimmste von allen. Du verdienst auch noch Geld damit, dass so verzweifelte, hässliche Schachteln gerne tolle Schriftstellerinnen wären. Und dann diese Katzenlinsen, nur um irgendwie wild und gefährlich auszusehen. Ohne die Dinger bist du doch einfach nur 'ne graue Maus. Da hilft auch dieses beknackte Kleid nicht!«

Ella Danella gibt vor Empörung einen kleinen Schrei von sich, während Emilys Geduld inzwischen endgültig am Ende ist. Ihr Gesicht ist rot angelaufen, und sie drückt die Hände so fest zusammen, dass die Knöchel weiß hervortreten. Dann packt sie Ruth am Arm und schaut ihr tief in die Augen.

»So, meine Dame«, sagt sie. »Das reicht! Tut mir leid, dass du so schlecht mit Kritik umgehen kannst. Aber ich kann nicht zulassen, dass du meine Kursteilnehmerinnen beleidigst.«

Ruth fängt hysterisch an zu lachen, lässt sich jedoch in Richtung Tür schieben. »Ja, schieb mich doch einfach ab! Dann seid ihr mich endlich los. Ihr habt ja jetzt ohnehin ein neues Küken!«

Ich sehe, wie Ruth sich noch mal zu mir umdreht und mich voller Verachtung ansieht. »Mel passt ja auch viel besser zu euch!«, zischt sie. »Die ist doch die größte Selbstbetrügerin von allen!«

Zwei Sekunden später ist sie im Treppenhaus verschwunden, und Emily lässt die Tür hinter ihr ins Schloss fallen. Einen Moment ist es ganz ruhig. Dann hört man die Autorin von *Männer, die baggern, beißen auch* tief durchatmen. Sie bewegt sich keinen Zentimeter vom Fleck, sondern schließt nur die Augen und legt die Hände vor die Brust. Das soll wahrscheinlich eine Beruhigungsübung sein.

Irene streicht sich über das Gesicht, und ich bin mir ziemlich sicher, dass sie heimlich die Länge ihres Damenbarts abcheckt. Und Ella Danella schenkt in der Zwischenzeit Tee nach. Vielleicht, um ein bisschen Normalität herzustellen oder um vorzubeugen, dass wir anderen nicht auch gleich rausgeschmissen werden.

»Ruth schenkt uns reinen Wein ein, ich schenke euch leckeren Tee ein«, erklärt Ella und ringt sich ein Lachen ab.

Als Emily sich wieder gefangen hat, bittet sie trotzdem darum, das Treffen abzubrechen. »Die Stunde wird euch natürlich gutgeschrieben«, sagt sie. »Die holen wir auf jeden Fall nach.«

Wir nicken alle brav, und zwei Minuten später finden wir uns auch schon vor verschlossener Tür im

Treppenhaus wieder. Draußen auf der Straße beteuern wir uns gegenseitig, dass Ruth mit ihrer Einschätzung kein bisschen recht hat. Und dass sie nur beleidigt und eifersüchtig war und reagiert hat wie ein angeschossenes Tier, das sich in die Ecke gedrängt fühlt. Und dann geht jeder seiner Wege.

Um meinen Gedanken noch ein bisschen besser nachhängen zu können, schiebe ich mein Fahrrad und schlendere an Schaufenstern vorbei, in denen haufenweise stark reduzierte Sommerkleider hängen. Vielleicht geht Mama ja nächste Woche mal mit mir shoppen, denke ich. Eigentlich schuldet sie mir ganz schön was, nach allem, was ich hier so ohne sie durchstehen muss.

Plötzlich tippt mir jemand von hinten auf die Schulter. Ich fahre herum und blicke direkt in Ruths Habichtsaugen.

»Na, auch rausgeflogen?«, fragt sie mit einer gruselig hohen Stimme. Einen Moment lang bin ich nicht sicher, ob sie vielleicht tatsächlich verrückt ist. Oder ob sie in der Lage wäre, mir etwas anzutun.

»Nee, war dann zu Ende, als du weg warst«, sage ich und versuche, mich auf mein Rad zu schwingen. Doch Ruth hält den Gepäckträger fest, sodass ich nicht losfahren kann und beinahe umkippe.

»Hey, was soll das?«, fahre ich sie an.

»Muss noch mit dir reden«, erklärt sie. Ihre Stimme ist jetzt wieder normal, aber ihr Verhalten jagt mir trotzdem weiter Angst ein. Ich steige ab und schiebe das Rad so, dass es wie ein Abstandhalter zwischen uns ist. Ruth läuft nebenher und lässt mich nicht aus den Augen. Ihr Gang ist seltsam starr, als hätte sie einen Stock verschluckt und könnte nur die Beine bewegen.

»Hör zu, ich hab mich wohl voll danebenbenommen eben. Aber ich konnte den ganzen Verein da nicht mehr sehen. Und ich war auch sauer, weil Madame Dickhaus sich so aufgespielt hat. Total bossi und übertrieben wichtigtuerisch. So viel hat sie doch auch nicht drauf, oder?«

Ich bin mir echt nicht sicher, was Ruth von mir will. Wahrscheinlich soll ich mich jetzt irgendwo reinreiten. Darum sage ich lieber nichts.

»Meine Mutter hatte mir diesen Schreibkurs zum Geburtstag geschenkt, weil sie findet, dass ich meine Talente ausbauen soll. Dabei habe ich gar keine Talente. Jedenfalls kein Schreibtalent!«

»Ach so«, antworte ich. Das scheint mir am unverfänglichsten.

»Aber du, du kannst doch ganz gut schreiben, oder? Warum schreibst du dann so einen Tantenkram? Ich meine, warum willst du werden wie Emily & Co.? Verbitterte Spinatwachteln, die versuchen, mit Katzen-Kontaktlinsen einen auf Charisma zu machen.«

Ruth bleibt stehen, und ich könnte so tun, als würde ich das nicht merken. Ich könnte mein Rad ein Stückchen weiterschieben und dann schnell aufspringen, ohne dass sie noch eine Chance hätte, mich festzuhalten. Aber ich bleibe auch stehen, und wir schweigen einen Moment.

»Du hast doch eben noch gesagt, ich wäre die größte Selbstbetrügerin von allen!«, sage ich schließlich.

Ruth grinst. »Hab ich das?«

»Ja, hast du. Dabei war ich die Einzige, die keinen blöden Kommentar zu deinem Text abgegeben hat.«

Als Ruth nicht antwortet, versuche ich mich dann doch von ihr zu verabschieden. Aber sie will mich unbedingt noch nach Hause begleiten.

»Die Strecke kann man echt nur mit dem Fahrrad schaffen«, lüge ich.

»Kein Problem!«, meint Ruth. »Ich wohne hier gleich um die Ecke. Dann hole ich auch schnell mein Rad.«

Ich schüttele den Kopf, denn ich will auf keinen Fall, dass sie meine Adresse kennt und mir demnächst vor der Tür auflauert.

»Ein andermal vielleicht. Ich muss jetzt echt schnell los!«

Ruth schafft es schon wieder, mich aufzuhalten. Sie will mich unbedingt noch etwas fragen und hält mich mit ihren klauenartigen Fingern am Arm fest, während ihre Habichtsaugen in meinem Gesicht herumforschen.

»Hattest du schon mal einen Freund?«, will sie wissen. »Ich meine, so richtig.«

»Wieso sollte ich dir sagen, ob ich schon mal einen Freund hatte?! Ich meine, was geht dich das an?«

»Geht mich nichts an. Hat mich einfach nur interessiert«, erklärt Ruth. »Ich meine, nach diesem Text, den du letzte Woche vorgelesen hast, könnte man glauben, du hättest mal schlechte Erfahrungen in der Richtung gemacht.«

Weil mir das Thema ganz und gar unangenehm ist und weil ich eigentlich noch nie auch nur annähernd einen Freund hatte, wende ich den ältesten Trick der Welt an: die Gegenfrage.

»Und selbst?«, frage ich.

Ruth springt auch gleich drauf an. »Ich hatte mal einen«, erklärt sie und bekommt so einen verschmitzten Zug um den Mund. Das Verschmitzte steht ihr übrigens zehnmal besser als das Beleidigte. Und wenn man sich ihre komische Pony-Pferdeschwanz-Kombi mal wegdenkt und die an den Knien abgeschnittene und ausfransende Jeans auch, könnte sie sogar ganz nett aussehen. So allerdings frage ich mich, warum dieser »Freund« sich in sie verliebt hat und ob er wohl selber nicht besonders attraktiv war. Vielleicht hat er es ja vorgezogen, mit einem handfesten Greifvogel zusammen zu sein, statt irgendeiner unerreichbaren bezaubernden Jeannie hinterherzuschwärmen.

»Und, wie war er so, der Freund?«

»Ach, eigentlich ganz nett. Habe aber trotzdem Schluss gemacht.«

Auch das noch, denke ich und ärgere mich im selben Moment, dass ich mich überhaupt auf dieses Gespräch eingelassen habe. Aber jetzt stecke ich schon mittendrin und muss zugeben, dass ich wirklich wissen will, wieso Ruth *Mr Eigentlich-ganz-nett* den Laufpass gegeben hat. Darum frage ich so uninteressiert wie möglich: »Warum denn?«

»Ha, das würdest du jetzt wohl gerne wissen. Hab ich's mir doch gedacht!«, antwortet sie und hat schon wieder diesen verschmitzten Gesichtsausdruck.

»Ach, weiß nicht, vielleicht auch nicht«, behaupte ich schnell und mache schon wieder Anstalten, mich auf mein Fahrrad zu schwingen. Aber Ruth hat mich längst durchschaut.

»Hey, ich erzähle es dir doch. Brauchst gar nicht so gelangweilt zu tun. Alle Leute wollen Schlussmach-Gründe wissen. Schlussmach-Gründe sind mit das Interessanteste, was es auf dieser Welt gibt!«

»Ach ja?«, sage ich und ziehe die Augenbrauen hoch.

»Also, pass auf! Ich habe Schluss gemacht, weil der Typ ständig an mir rumfummeln wollte.«

Ich schaue Ruth an und kann nicht anders, als mir die Sache vorzustellen – ganz gegen meinen Willen.

»Hey, versteh mich jetzt bitte nicht falsch, ich hab nichts gegen's Rumfummeln. Aber er hatte einfach nicht gerade ein glückliches Händchen, wenn du weißt, was ich meine.«

Ich schüttele den Kopf. »Okay, das reicht jetzt!«, sage ich schnell. Doch Ruth redet einfach weiter.

»Er hat an meinem Busen rumgedreht, als könnte man den abschrauben!«

»HÖR AUF!«, rufe ich.

Auf der Stelle verschwindet alles Verschmitzte aus ihrem Gesicht. »Ist ja schon gut«, sagt sie mit ihrer alten Leberwurst-Ruth-Stimme, und ich habe fast schon ein schlechtes Gewissen. Weil sie mir so viel offenbart hat und ich es am Ende gar nicht so genau wissen wollte. Und weil ich ihr keinen Fitzel aus meinem eigenen Leben erzählt habe. Dabei hätte ich das gefahrlos tun können. Schließlich werde ich sie bestimmt nie wiedersehen.

»Hör zu, ich hatte noch nie einen Freund«, höre ich mich plötzlich sagen. »Und vielleicht werde ich auch mal so eine wie Emily und die anderen. Wer weiß das schon? Aber das kann dir doch eigentlich egal sein, oder? Ich meine, wir kennen uns nicht, und wir werden uns voraussichtlich nie wiedersehen …«

»Noch nie?«, unterbricht mich Ruth. »Auch nicht einfach nur mal zum Knutschen, oder so was?«

»Nein.«

»Krass«, sagt sie. »Dabei bist du doch total hübsch. Viel hübscher als ich!«

Ruth wirkt plötzlich ganz aufgekratzt. Auch der Stock in ihrem Oberkörper scheint sich in Luft aufgelöst zu haben. Sie läuft mit schlenkernden Armen neben mir her und sieht aus, als hätte sie eben im Lotto gewonnen.

»Hey, jetzt krieg dich mal wieder ein! Du tust so, als gäbe es eine **Knutschpflicht für Vierzehnjährige**!«

»Ach ja, sorry«, sagt Ruth. »Hatte ganz vergessen, dass du so viel jünger bist. Du bist ja das Küken.«

Bei dem Wort Küken verdreht sie die Augen und steckt sich andeutungsweise den Finger in den Hals. »Sorry«, sagt sie. »Nichts gegen dich persönlich.«

»Und warum freust du dich so, dass ich noch keinen Freund hatte? Soll ich das etwa auch nicht persönlich nehmen?«

Ruth hört sofort mit dem Geschlenker auf und entschuldigt sich sogar. »Ich freu mich nicht, ich fand's nur komisch. Ironie des Schicksals.«

11

ALS ICH AN DIESEM ABEND nach Hause komme, springt mir Dr. Strupp entgegen. Ich nehme den kleinen Schlittenhund auf den Arm und vergrabe meine Nase in seinem Fell.

»Struppelino!«, flüstere ich in sein kleines weiches Ohr. »Struppelputz! Struppsi!«

Ich erinnere mich an all die Namen, mit denen Mike den verlorenen kleinen Doktor damals gerufen hat.

»Ist Mike auch da?«, frage ich Peps, die mir entgegengesprungen kommt, um mir Strupp wieder abzunehmen.

»Nein, keine Sorge«, sagt sie. »Der blöde Mike, den du ja sowieso nicht magst, ist Gott sei Dank nicht da.«

Mike kommt auch nicht, weil Strupp heute unser Übernachtungsgast ist. Peps hat ihn sich ausgeliehen und bringt ihn morgen auf dem Weg zum Kindergarten bei Lionel vorbei. Dafür sitzt jemand anders bei Ohm auf dem Sofa und wartet auf mich: **Sarah Pinguin**.

»Wo warst du denn so lange?«, fragt sie, als wäre ich ihr Rechenschaft schuldig.

»In der Stadt, wieso? Wusste ja nicht, dass du mich besuchen willst!«

Den Schreibkurs verschweige ich ihr vorsichtshalber. Nicht dass Sarah am Ende noch Rückschlüsse auf meine Schreiblust und damit auf den Blog zieht.

»Und warum bist du nicht ans Handy gegangen?«

Erst jetzt fällt mir ein, dass ich ganz vergessen habe, meinen Klingelton wieder zu aktivieren. Bei Emily ist natürlich absolutes Klingelverbot! Ich schaue auf das Display und sehe dreiundzwanzig verpasste Anrufe von Sarah Pinguin.

»Was gibt's denn so Dringendes?«, frage ich leicht beunruhigt.

Noch bevor Sarah antworten kann, bricht sie auch schon in Tränen aus.

»Bella hat mit mir Schluss gemacht. Und bestimmt machst du auch gleich noch mit mir Schluss!«

»Aber warum denn?«, frage ich und muss automatisch an Ruth denken, nach deren Meinung Schlussmach-Gründe das Interessanteste auf der Welt sind. In diesem Fall bin ich tatsächlich megainteressiert!

»Weil ich … weil ich …, sag erst, dass du mir nicht allzu böse sein wirst!«

Ich schüttele den Kopf, was eigentlich einer ziemlich offenen Antwort gleichkommt. Aber Sarah gibt sich damit zufrieden.

»Weil …, weil ich jetzt mit Nelson zusammen bin.«

Noch während sie das sagt, duckt sie sich und hält schützend die Arme über ihren Kopf, so als würde ich gleich auf sie losgehen.

Nach allem, was ich heute schon erlebt habe, bin ich irgendwie nicht mehr so denkschnell. Ich stehe einfach nur verwirrt da, schüttele den Kopf und frage: »Na und?«

Sarah hört auf zu schluchzen und kommt wieder aus ihrer Deckung heraus. Sie schaut mich aus ihren großen, vom Heulen ganz blank geputzten Augen an und wiederholt ihr angebliches Vergehen. »Ich bin jetzt echt mit Nelson zusammen! Ich meine, so richtig. Wir sind ein Paar.«

»**Herzlichen Glückwunsch**«, sage ich. »Wo ist das Problem?«

Sarah wird plötzlich und aus heiterem Himmel von einer gigantischen Glückswelle erfasst. Sie scheint ihr Glück gar nicht fassen zu können. Jedenfalls springt sie auf und schlingt ihre Arme um meinen Hals. Dann heult sie vor Freude weiter!

»Das ist so unglaublich großherzig von dir! Du bist die beste Freundin, die ich je hatte. Ich meine, du bist selbst in Nelson verliebt und kannst dich trotzdem freuen, dass ich ihn …«

An der Stelle bricht ihre Stimme vor lauter Rührung komplett zusammen.

Erst jetzt kapiere ich, was hier läuft, und werde ebenfalls von einer Glückswelle ergriffen. Wenn auch von einer vergleichsweise klitzekleinen. Ganz nach Ohms Theorie, dass man das kleine Glück nicht verpassen soll, versuche ich, es so gut wie möglich auszukosten. Erst dann sage ich gönnerhaft: »Weißt du, wenn Nelson sich für dich entschieden hat, dann liebt er wohl dich und nicht mich. Wieso sollte ich dir deswegen böse sein? Du kannst doch gar nichts dafür!«

Sarah schlingt ihre Arme noch fester um mich. »Du bist so ein toller Mensch! Das werde ich dir nie vergessen!«, sagt sie.

Vor lauter Ergriffenheit hat Sarah gar nicht gemerkt, dass Peps den Raum betreten hat. Ich versuche, sie mit einer Handbewegung wegzuscheuchen. Aber so, wie ich mir das Glück nicht mehr entgehen lassen will, möchte Peps wahrscheinlich keine Gelegenheit zum Ärgern auslassen. »Na, übt ihr Knutschen? Für später? Falls du mal mit Mike knutschen musst?«, sagt sie.

Ich spüre, wie Sarah in meinen Armen versteinert, und werfe Peps den bösesten Blick zu, den ich im Böse-Blicke-Repertoire habe. Sie verschwindet tatsächlich. Na ja, ihre Mission ist ja auch erfüllt.

Sarah löst ganz langsam ihre Arme von meinem Hals und lässt sich aufs Sofa plumpsen.

»Das ist jetzt nicht dein Ernst, dass deine peinliche Schwester immer noch denkt, ich wäre in Mike Hoffmann …«

»Nein, natürlich nicht!«, versuche ich Sarah zu beruhigen. »Peps meinte mich! Sie will mich doch immer mit Mike verkuppeln. Darum hat sie auch meinen Beziehungsstatus auf Facebook verändert. Weil sie doch mit Mikes Bruder befreundet ist. Und für sie wäre es total praktisch, wenn ich auch mit Mike … Ach, du weißt schon. Dann könnten wir immer zusammen zu den Hoffmanns gehen, und sie müsste nicht immer gebracht und abgeholt werden.«

In dem Moment stellt sich heraus, dass Pepsi keineswegs verschwunden ist, sondern weiter hinter der Tür gestanden und gelauscht hat. Jedenfalls kommt sie mit einem Satz ins Zimmer zurück, so als wären wir in einem Theaterstück und sie hätte einen Auftritt, der dem Stück eine entscheidende Wende gibt.

»Du lügst doch!«, ruft sie. »Das ist doch pipi-kacka-gelogen!«

Peps fuchtelt vor lauter Empörung mit den Armen in der Luft herum.

»Ich will gar nicht, dass du mich bringst! Das weißt du doch selber, dass ich das nicht will. Du willst mich doch nur bringen, weil du verknallt bist in Mike. Das weiß doch jeder!«

»Hau jetzt ab, du bist ja total durchgeknallt!«, schreie ich Peps an und befördere sie mit einem Fußtritt aus der Tür. Dann setze ich mich aufs Sofa und merke, wie sich alles um mich dreht.

Sarah, deren Augen inzwischen wieder trocken sind, guckt mich ungläubig an.

»DU BIST DOCH IN MIKE …? Ich meine, du warst immer schon in Mike …?«

»Ach, lasst mich doch alle in Ruhe!«

Sarah setzt sich neben mich auf das Sofa, und wir gucken beide vor uns auf den Holzboden, den Ohm jede Woche mit einem duftenden Öl abreibt, das angeblich keimtötend ist, also alle Krankheitserreger, die auf dem Boden rumkreuchen, im Keim erstickt.

Plötzlich legt Sarah ihren Arm um meine Schulter.

»Ich verstehe das. Ich sage auch nie jemandem, in

wen ich verknallt bin. Wenn dann nix draus wird, muss man auch später niemandem erklären, warum es nicht geklappt hat. Also bin ich dir auch nicht böse, wenn du es mir nicht erzählen willst.«

Ich lasse Sarahs Rede wortlos über mich ergehen. Wahrscheinlich wäre es jetzt auch egal, was ich sagen würde. Hier glaubt doch ohnehin jeder, was er glauben will. Und was ich glaube, weiß ich ehrlich gesagt selber nicht mehr genau.

Später macht Ohm uns noch eine Pizza, die wir gemütlich auf meinem Bett essen, während Peps fernsieht. Ich überlege die ganze Zeit, ob Sarah jetzt wirklich meine Freundin ist und ob ich das eigentlich will. Weil sie mir ja doch ein bisschen fremd ist und ich wahrscheinlich auch nur ein Ersatz für Bella bin. Außerdem fand sie mich am Anfang nur gut, weil ich Mike kannte, in den sie sich bis über beide Ohren verknallt hatte. Auch wenn sie bestimmt immer noch denkt, ich wüsste das nicht, weil sie es mir ja nicht gesagt hat. Und dann hat sie mich früher ständig peinlich gefunden und sich für mich geschämt. Aber vielleicht sollte ich ihr das alles verzeihen und unter »Startschwierigkeiten« verbuchen.

Ich schaue Sarah an, die genüsslich an ihrer Pizza kaut und zurzeit wohl keine Zweifel an unserer Freundschaft hat.

»Ich habe Nelson jetzt übrigens doch gesagt, dass ich Ann-Caterine in Verdacht habe. Du weißt schon, wegen *Girlaxis* und so«, sagt sie.

Mir bleibt beinahe der Bissen im Hals stecken.

»BIST DU VERRÜCKT? Hatten wir nicht abgemacht, dass die Vermutung unter uns bleibt?«

Sarah schaut mich bestürzt an. Wahrscheinlich, weil sich meine Stimme grade überschlagen hat und ich mich zudem noch verschlucke und einen Hustenanfall bekomme.

Als ich zu Ende gehustet habe, schaut sie noch ernster. »Manchmal verstehe ich dich nicht«, sagt sie. »Du kannst dich über Kleinigkeiten so unglaublich aufregen, während du bei den großen Sachen total cool bleibst. Dass ich mit Nelson zusammen bin, lässt dich kalt. Aber dass ich ihm von Ann-Caterine erzähle, bringt dich komplett um den Verstand.«

»Quatsch!«, sage ich schnell und tue so, als hätte ich mich wirklich nur verschluckt. »Was hat Nelson denn dazu gesagt?«

Sarah erzählt mir, dass Nelson doch nicht so gelassen mit der ganzen Sache umgeht, wie sie ursprünglich vermutet hatte. Er muss sich wohl enorm aufgeregt haben und wollte schon zur Polizei gehen. Dann hat er seinen Eltern den Blog gezeigt, und die haben sich an die Schule gewandt. Angeblich gibt es eine Mobbing-Beauftragte, die sich jetzt drum kümmern will. Sarah schließt ihren Vortrag mal wieder mit *arme Ann-Caterine.*

»Was soll denn das heißen, *arme Ann-Caterine*! Immerhin hast du sie jetzt da reingeritten!«

Sarah schüttelt den Kopf. »Hab ich gar nicht! Nelson hatte sie auch schon in Verdacht. Und weißt du, was?! Nelson hatte sogar dich in Verdacht. Er meinte, du hättest so ausgefuchst und so schlau gewirkt. Während er Ann-Caterine solche Texte gar nicht zutrauen würde.«

Ich sehe Sarah mit panisch aufgerissenen Augen an. »ER HAT WAS?«

»Beruhig dich, ich hab ihm das ausgeredet. Ich habe quasi meine Hand dafür ins Feuer gelegt, dass du es nicht warst. Aber komm mir jetzt nicht noch mal mit deinem Ann-Caterine-Mitleid!«

Ich kann es gar nicht abwarten, bis Sarah wieder gegangen ist und ich in Ruhe über das Ausmaß der neuen Katastrophe nachdenken kann. Natürlich schaue ich auf der Stelle nach, ob es einen neuen Blog-Eintrag gibt. Und es gibt ihn!

Liebe Girlaxis-Fans.

Ich weiß, Ihr erwartet neue Enthüllungen über die Vollpfosten und Mega-Honks, die da draußen ihr Unwesen treiben. Da könnt ihr lange warten! Denn es gab eine feindliche Übernahme. Wir, Mike Hoffmann und Nelson Zint, haben den Blog gehackt und schreiben jetzt weiter – und zwar aus unserer Sicht. Da können sich alle Männerhasserinnen warm anziehen! Freut euch auf die ganz große Abrechnung.

M & N

Ich bin wie paralysiert und lese den Text ungefähr hundert Mal. Fünfzig Mal, um ihn zu verstehen, und weitere fünfzig Mal, um irgendeine verdächtige Stelle darin zu entdecken. Irgendetwas, womit der Schreiber sich entlarvt.

Alles, was mir dazu einfällt, ist das Naheliegende. Es ist tatsächlich Nelson, der das schreibt. Mike lasse ich jetzt mal raus. Ich kann mir nicht vorstellen, dass er sich mit Nelson zusammengetan hat. Die beiden kommen schließlich von komplett unterschiedlichen Planeten!

Wahrscheinlich hat Nelson Mikes Namen mitbenutzt, damit er nicht so alleine dasteht. Er kennt Mike bestimmt noch nicht mal. Aber warum hat Nelson seine Eltern mit reingezogen, die auch noch bei der Schule angerufen haben? Das macht keinen Sinn.

Oder war es etwa doch Mike? Undenkbar.

Ich beschließe, heute einfach nicht mehr darüber nachzudenken – was mir nur halb gelingt. Genau genommen gar nicht.

Als Peps und ich abends in unseren Betten liegen, reden wir immer noch kein Wort miteinander. Peps kuschelt mit Dr. Strupp und gibt kleine, wohlige Geräusche von sich.

»Ich finds's echt blöd, dass ich immer ankommen muss, damit wir uns vertragen«, sage ich ins Dunkel des Raumes. Peps antwortet nicht. Es ist, als hätte die Dunkelheit meine Worte einfach verschluckt. »Ich hab's so satt, dass du mich immer nur nervst und dich nie entschuldigst«, schicke ich in das große schwarze Loch hinterher.

Doch dann höre ich ein ganz leises »'tschuldigung«.

»Peps?«

»Ja?«

»Hast du dich grade bei mir entschuldigt?«

»Ja.«

Ich lausche, ob vielleicht noch ein bisschen mehr kommt. Doch ich höre nur den Atem meiner Schwester, der immer langsamer und tiefer wird, bis er ganz eindeutig in ein Schlafatmen übergeht.

»Struppi?«, flüstere ich. »Struppolino!«

Zwei Sekunden später liegt der kleine Schlittenhund neben mir. Ich spüre seinen warmen Fellkörper an meinem Bauch. Er rekelt sich ein paarmal und rollt sich zusammen.

»Hey, Strupsi«, flüstere ich und kraule ihn entlang seiner Wirbelsäule. Dann ist auch er eingeschlafen.

12

UNSER BIOLOGIELEHRER HERR HACKER erklärt grade den Zitronensäurezyklus, als es klopft und eine Frau mit drahtigen schwarzen Haaren und schlechter Haut den Kopf zur Tür hineinsteckt. Sie trägt eine riesige Brille, die mindestens vierzig Prozent ihres zerfurchten Gesichts bedeckt, und stellt sich als Frau Mittrup-Fernandez vor.

»Ich würde gerne zwei Schülerinnen entführen, Sarah Pinguin und Mel Reiche«, sagt sie mit spanischem Akzent.

Herr Hacker, der sich sichtlich gestört fühlt, nickt unwirsch und fährt mit seinem Zitronensäure-Geschwafel fort. Sarah und ich schauen uns Hilfe suchend an. Dann erheben wir uns von unseren Plätzen und schleichen uns zu dieser seltsamen Frau Mittrup-Fernandez, die vor der Tür auf uns wartet. Es muss mit *Girlaxis* zu tun haben, denke ich. Vielleicht sind sie mir ja längst auf die Schliche gekommen, und ich werde gleich in Handschellen abgeführt. Außerdem muss ich eine Unmenge an Schmerzensgeld zahlen, an all die Jungs, die ich zu Forschungszwecken bei *Girlaxis* als Versuchskaninchen missbraucht habe.

Frau Mittrup-Fernandez schließt leise die Klassentür hinter uns und gibt Sarah und mir die Hand.

»Wir führen gerade eine kleine Befragung durch«, sagt sie. »Es geht um einen anonymen Blog im Internet, in dem Jungs aus dieser Schule …, sagen wir, ziemlich schlecht wegkommen. Deshalb bin ich hier. Ich bin eine Mobbing-Beauftragte vom Jugendamt.«

Ich schaue zu Sarah rüber. Sie pfriemelt an ihrem Ohrring herum und sieht irgendwie schuldbewusst aus. Frau Mittrup-Fernandez führt uns ins Lehrerzimmer, wo bereits Mike, Nelson, Bella, Bianca, Ann-Caterine und die Direktorin auf uns warten. Mir schlägt das Herz bis zum Hals, und ich bin kurz davor, mich einfach umzudrehen und abzuhauen. Für immer. Doch Sarah nimmt plötzlich meine Hand und hält sich an mir fest.

»Arme Ann-Caterine«, flüstert sie mir ins Ohr. »Hätte ich doch bloß nichts gesagt! Du hattest ja so recht!«

Sie zieht mich zu den beiden leeren Plätzen, und wir setzen uns. Ich schaue zu Mike rüber, der mich ebenfalls ansieht. Er nickt mir zu und grinst, sodass ich seine kleine Zahnlücke sehen kann.

Frau Mittrup-Fernandez erklärt uns, warum wir hier zusammensitzen. Ihre Stimme ist unangenehm laut, und sie klingt irgendwie besserwisserisch.

»Ich gehe davon aus, dass ihr alle diesen jungsdiskriminierenden Mädchen-Blog *Girlaxis* kennt«, sagt sie.

Die meisten von uns nicken andeutungsweise.

»Es gibt eine Situation in dem Blog, in der alle hier Anwesenden dabei waren. Außer ein paar Jungs, die aber wohl als Autoren nicht infrage kommen. Das bedeutet, dass eines der hier anwesenden Mädchen den Blog geschrieben haben muss. Auch wenn am Ende des Blogs behauptet wird, Mike und Nelson wären jetzt die Autoren. Aber das ist ja wohl ausgemachter Unsinn, würde ich sagen.«

Wieder geht ein Nicken durch die Runde. Besonders Mike und Nelson wackeln wie zwei Wackeldackel mit den Köpfen. Frau Mittrup-Fernandez guckt durch ihre übergroße Brille von einem zum anderen. Durch die Brillengläser wirken ihre Augen aufgequollen und glupschig, und auch die vielen Krater in ihrem Gesicht werden unter dem Glas noch unansehnlicher.

»Eure Direktorin und ich, wir haben uns vorgenommen, den Fall heute mit euch aufzuklären. Wir möchten, dass sich die Bloggerin stellt und sich bei den beiden anwesenden Jungs entschuldigt. Außerdem muss *Girlaxis* natürlich sofort und für immer gelöscht werden.«

Zum dritten Mal wird genickt. Aber es meldet sich natürlich niemand. Ich schaue verstohlen zu Nelson und bemerke erst jetzt, dass er mich die ganze Zeit beobachtet. Es hat wohl nichts genutzt, dass Sarah ihm ihre Ann-Caterine-Theorie verkaufen wollte.

Frau Mittrup-Fernandez wartet ein paar Sekunden. Dann fängt sie an, uns zu drohen.

»Es gibt auch die Möglichkeit, dass die Polizei eingeschaltet wird. Die könnte die Bloggerin dann polizeilich ermitteln. Die Polizei hat da ganz andere Mittel und Techniken!«

Der häufige Gebrauch des Reizwortes **Polizei** soll uns wahrscheinlich einschüchtern. Tatsächlich starren alle betreten auf den Konferenztisch, wo noch leere Kaffeetassen mit Lippenstiftabdrücken aus der großen Pause herumstehen.

»Fassen wir doch erst mal das zusammen, was wir schon wissen«, mischt sich unsere Direktorin in das Verhör ein. Sie hat wahrscheinlich keine große Lust, dass in ihrer Schule »polizeilich« ermittelt wird. Mit umständlichen Worten zählt sie alle Verdächtigungen auf, die der ein oder andere geäußert hat, ohne Namen zu nennen. Ein ganz schöner Eiertanz. Dann betont sie, dass sie selbst den Blog gar nicht soooo schlimm findet. Schließlich seien ja die Namen verändert worden – wenn auch erst nachträglich. Und man hätte nicht das Gefühl, dass die Bloggerin es darauf abgesehen hätte, jemandem persönlich zu schaden.

»Da hat jemand mit einem hervorragenden Schreibstil sehr fein beobachtet – wenn auch mit einem recht negativen Männerbild im Kopf. So sehe ich das.«

Frau Mittrup-Fernandez scheint nicht gerade begeistert von der Einmischung unserer Direktorin. Sie blickt schwer atmend in die Runde und hofft, dass sich jemand geständig zeigen möge. Als das nicht der Fall ist, bittet sie jeden von uns, ein Statement zu dem Fall abzugeben. Mike soll anfangen. Er schaut Hilfe suchend zu mir rüber.

»Na ja, ich war schon ganz schön fertig. Mir war es

jetzt auch egal, wie der Schreibstil so war. Ich bin einfach nur schockiert, dass alle Mädchen den Schwachsinn, der da stand, geglaubt haben. Dabei waren manche Sachen komplett frei erfunden. Und vieles von dem, was da steht, habe ich nie gesagt!« Mike macht eine kleine Pause, und Frau Mittrup-Fernandez nickt ihm aufmunternd zu. »Die Einzige, die sich von dem ganzen verlogenen Rumgeblogge nicht hat beeindrucken lassen, war Mel«, fügt er leise hinzu. Das gibt mir einen kleinen Stich.

Dann ist Nelson dran. Eigentlich schlau, erst die gemobbten und gedissten Jungs zu Wort kommen zu lassen. Das kann einen als Täter echt weichklopfen.

Nelson macht tatsächlich wieder auf cool. Obwohl er es schließlich war, der seine Eltern informiert hat und dem wir es zu verdanken haben, dass wir alle hier sitzen.

»Eigentlich ist es mir so was von egal, was irgendwelche Mädchen in irgendwelchen Mädchen-Blogs über mich schreiben«, sagt er. »Aber wenn sie dann plötzlich unter meinem Namen weiterschreiben, dann hört der Spaß auf!«

Sarah Pinguin, die aussieht, als hätte sie jedes Wort ihres geliebten Nelson einzeln angebetet, rutscht ein »Ja, genau!« raus.

Klar würde ich ihn gerne fragen, warum er denn dann zu Hause gepetzt hat wie ein Kindergartenkind. Aber das würde mich wohl einfach nur verdächtig machen. Und das Wohlwollen von Sarah hätte ich damit bestimmt auch verspielt. Also sage ich nichts und warte, bis ich dran bin. Einen Moment lang überlege ich sogar, ob ich alles beichten soll. Das würde mich irgendwie erleichtern. Aber dann wäre ich auch meine einzigen beiden Freunde los, die ich hier auf der Schule habe. Ich finde, es reicht, dass ich Mike zuliebe den Blog gelöscht und auf meine »Karriere« verzichtet habe. Dass jemand anders mit *Girlaxis* weitermacht, ist wirklich nicht meine Schuld. Eigentlich finde ich die Idee mit der Polizei gar nicht so schlecht. Denn dann wüsste ich endlich, wer meinen Blog geklaut hat – oder wer mich fertigmachen will.

»Meinetwegen soll doch die Polizei ermitteln«, sage ich so gelangweilt wie möglich. »Mir ist es egal. Nur weil ich zufällig mit auf dem Mediapark-Spielplatz war, muss ich mich doch nicht für diesen Blog interessieren.«

Dann schaue ich wie zufällig zu Nelson, der mich die ganze Zeit beobachtet. Er fühlt sich offenbar ertappt und blickt vor Schreck weg.

Bella, Bianca und Ann-Caterine sagen mehr oder weniger dasselbe wie ich. Sie wollen mit der Sache auch nichts zu tun haben und fänden es praktisch, wenn die Polizei den Server ausfindig macht, von dem aus die Blog-Einträge ins Netz gegangen sind. Nur unsere Direktorin wird immer nervöser. Bevor Sarah an der Reihe ist, steht sie auf, stützt die Hände auf den Tisch und beugt sich zu uns vor. »Mensch, Leute«, sagt sie. »Ich kann nicht glauben, dass euch nichts anderes einfällt, als die Polizei zu holen. Es kann doch nicht wahr sein, dass wir den Fall nicht unter uns lösen können. Ich verspreche der Bloggerin auch, dass es keinen Schulverweis gibt, wenn sie sich jetzt meldet. Denkt doch mal nach! Die Polizei würde euch doch sowieso auf die Schliche kommen. Und dann wird's richtig unangenehm!«

Nach ihrer kleinen Ansprache setzt sie sich wieder und schaut aufmunternd zu Sarah, von der sie jetzt wohl ein Geständnis erwartet. Aber von Sarah kommt nichts.

Später werden alle noch mal einzeln verhört. Aber auch das bringt keinen Erfolg. Wir bekommen ein Ultimatum gestellt. Wenn bis Montag *Girlaxis* nicht mehr online ist und die »Täterin« sich stellt, wird das »Strafmaß« minimal ausfallen. Wenn jedoch die Polizei eingeschaltet werden muss, droht ein Schulverweis.

Als ich mit Peps an diesem Nachmittag nach Hause komme, hat Ohm die Haare zusammengesteckt und die Ärmel hochgekrempelt. Es ist Putztag, und sie ölt und desinfiziert was das Zeug hält. Ohm ist der Meinung, dass Peps und ich auch »unseren Beitrag« leisten müssen. Peps werden die Türklinken zugeteilt, während ich mir die Heizkörper vorknöpfen soll. Erst bin ich echt genervt von der Sache, aber dann fängt mir das blöde Putzen plötzlich an Spaß zu machen. Jedenfalls kann ich bei dieser langweiligen Hin-und-Her-Wischerei super nachdenken. Klar überlege ich weiter, wer der neue Blogger sein könnte. Von denen, die heute im Lehrerzimmer saßen, war es wohl niemand. Keiner außer unserer Direktorin hatte auch nur die geringste Polizei-Panik. Ich hole das Handy aus der Hosentasche und schaue mir noch einmal den letzten Blog-Eintrag an. Dann murmele ich beim Putzen und Polieren den Text gebetsmühlenhaft vor mich hin. Ich weiß auch nicht, warum ich glaube, dass in den Worten der Schlüssel liegt. Dass irgendein Detail den Schreiber verrät. Gerade als ich schon aufgeben will, trifft mich plötzlich ein Geistesblitz. Na klar, »Männerhasserin« ist das verräterische Wort. **Da können sich alle Männerhasserinnen warm anziehen!**, schreibt der neue Blogger. Obwohl es ein extrem ungewöhnlicher Ausdruck ist, bin ich mir sicher, ihn vor Kurzem schon mal gehört zu haben. Und zwar aus dem Mund von Ruth! Und dann sehe ich sie plötzlich wieder vor mir, mit ihren Klauen und den angriffslustigen Habichtsaugen. Sie sitzt an Emilys Küchentisch und platzt fast vor Wut. »Gut, dass ihr euch alle einig seid, ihr Männerhasserinnen und Besserwisserinnen!«, sagt sie.

Na klar, Ruth ist die Bloggerin! Sie war wütend, sie war neidisch, und sie wusste wohl, dass ich meine Texte veröffentliche. Jedenfalls hat sie schon beim ersten Treffen dieses Thema angesprochen. Vielleicht hat sie ja zufällig den Blog gefunden. Oder sie kannte jemanden aus meiner Schule, der sie darauf aufmerksam gemacht hat. Vielleicht hat sie auch einfach einen Satz aus meinem Text bei Google eingegeben, und dann ist sie ganz von selbst auf *Girlaxis* gestoßen.

Nachdem sie mich im Netz entdeckt hat, muss sie sich all meine Einträge gesichert haben. Vielleicht hat sie geahnt, dass ich den Blog nicht lange durchhalten kann. Und als ich alles gelöscht habe, hat sie den Neustart gewagt und weitergeschrieben.

Aber warum hat sie sich so eine Mühe gemacht? Will sie mich einfach nur fertigmachen oder allen beweisen, dass sie genauso gut schreiben kann wie ich? Will sie ein Spiel mit mir spielen, oder ist sie einfach nur komplett durchgeknallt?

In jedem Fall wird die Polizei spätestens am Montag herausfinden, dass Ruth die Bloggerin ist. Die Frage ist nur, was dann passiert. Wird Ruth verraten, dass sie **Girlaxis** von mir übernommen hat? Wenn sie nicht total crazy ist, wird sie das tun. Schließlich trifft sie dann nur eine Teilschuld. Denn die angeblich so »jungsfeindlichen« Texte habe immer noch ich geschrieben. Nicht auszudenken, dass Ruth mich verpfeift und Mike erfährt, dass ich für sein Unglück verantwortlich bin. Auch Sarah und Nelson werden mich für immer verachten.

»Ein bisschen befürchte ich, dass du einen Putzzwang entwickelst«, sagt Ohm, die plötzlich hinter mir steht und mit gerunzelter Stirn auf den Heizkörper starrt, dem ich beinahe schon den Lack abpoliert habe.

13

»DU WILLST WAS? Die Adresse von Ruth? Und darum platzt du einfach hier so herein?« Emily Dickhaus schaut mich durchdringend an. Sie hat ihre trüb-grauen Langweiler-Augen wieder hinter den Katzenlinsen versteckt und zu ihrem alten Charisma zurückgefunden.

»Ruth hat noch einen Stift von mir«, lüge ich. »Ich hatte ihn ihr geliehen, aber da sie ja jetzt wohl nicht mehr kommt …«

Emily scheint nicht grade erfreut über meinen Besuch zu sein. Ich hatte einfach geklingelt, ohne vorher anzurufen. Wieder erinnert sie mich an Dr. Fischer, den Familientherapeuten, bei dem man nur mit Termin aufkreuzen durfte. Mit Termin ist das ganz große Verständnis angesagt. Aber ohne Termin ist man einfach nur ein aufdringlicher Idiot und Störenfried.

Emily sucht in ihren Unterlagen herum und schnauft. Dann schreibt sie mir Ruths Mailadresse auf ein Blatt Papier.

»Mehr habe ich leider auch nicht«, behauptet sie.

Ich bedanke mich, und Emily führt mich ohne Umwege zur Tür.

»Pass auf«, sagt sie zum Abschied. »Ruth ist nicht ohne! Ich würde mich an deiner Stelle nicht freiwillig in die **Höhle des Löwen** begeben. Nicht wegen eines Stiftes!«

Dann zwinkert sie mir mit einem ihrer Katzenaugen zu und schließt die Tür.

Unten auf der Straße schreibe ich Ruth mit meinem Handy eine Mail.

Muss unbedingt mit Dir sprechen! Bitte, bitte melde Dich! Mel, das blöde Küken aus der Schreibgruppe.

Dann starre ich etwa fünf Minuten auf das Display, aber nichts passiert. Um mir die Wartezeit zu vertreiben, bummele ich ein bisschen durch die Stadt und überlege, was ich Mike zum Geburtstag schenken könnte.

In einem Krimskramsladen finde ich ein kleines Kopfkissen mit einem Anschluss fürs Handy oder den iPod. Im Kissen selber sind ganz weiche Lautsprecher, auf denen man liegen und der Musik oder einem Hörbuch lauschen kann. Das Ding kostet zwar zwanzig Euro. Das ist fast mein ganzes restliches Taschengeld für diesen Monat. Egal!

Am Samstag um vier stehe ich mit rumorendem Magen und weichen Knien vor Mikes Tür. Heute ist der Tag der Wahrheit. Ruth hat sich nicht gemeldet, obwohl ich ihr noch ungefähr zwanzig weitere Mails geschickt habe. Ich muss davon ausgehen, dass ich ihr schnurzpiepegal bin und dass sie mich am Montag wegen *Girlaxis* gnadenlos verraten wird. Also sollte ich Mike vorher alles gestanden haben. Nur blöd, dass das jetzt ausgerechnet an seinem Geburtstag stattfinden muss. Natürlich könnte ich auch am Sonntag noch mal wiederkommen, um zu beichten. Dann bliebe der Geburtstag verschont. Aber im Nachhinein würde ich die ganze Feier entwerten, und Mike würde sich bestimmt noch elender fühlen. Weil er denken würde, dass ich den Geburtstag erst noch mitnehmen wollte, bevor ich mit dem ganzen Mist rausrücke.

Mike öffnet mir die Tür und strahlt mich an. Er sieht so glücklich aus, dass ich gar nicht anders kann, als die Sache mit dem Geständnis erst mal ein bisschen zu verschieben. »Herzlichen Glückwunsch!«, sage ich so unbeschwert wie möglich und schaue fragend auf den großen Rucksack, den er auf dem Rücken trägt. Er grinst, und als seine Mutter kommt, um mich zu begrüßen, will er sofort verschwinden. Einen Moment lang habe ich Angst, dass er durchbrennen möchte und deswegen so einen unerschrockenen Geburtstagsgast gesucht hat.

»Heute Abend kommt meine Mutter«, erkläre ich schnell. »Sie hat ein paar Tage Urlaub und will uns besuchen. Muss leider schon gegen acht zu Hause sein.«

Mike nickt. »Kein Problem«, meint er. »Wenn du nicht in der Zwischenzeit vor Schreck gestorben bist, dann sind wir auf jeden Fall pünktlich zurück.«

Wir laufen zur Straßenbahnhaltestelle, und ich überreiche Mike das Geschenk. Er freut sich riesig über das Kopfkissen und schließt direkt sein Handy an, damit wir es testen können. Wir drücken beide unsere Ohren gegen die Kuschellautsprecher, und ich überlege, ob er das Geschenk wohl heute Abend auf den Müll werfen wird, wenn er alles erfahren hat. Und ob es überhaupt sinnvoll war, ein Geschenk zu kaufen, über das er sich am Ende wahrscheinlich doch nicht mehr freut.

Als wir genug gehört haben, macht Mike seinen Rucksack auf und steckt das Kissen hinein. Dabei sehe ich, dass er Unmengen von schwarzem Stoff eingepackt hat.

Ein bisschen Angst habe ich schon. Vielleicht ist Mike ja doch derjenige, der sich *Girlaxis* unter den Nagel gerissen hat. Und diese Gruselreise ist Teil seiner Racheaktion. Aber dafür ist er echt zu gut gelaunt. Es kann einfach nicht sein, dass er all diese Herzlichkeit nur vorspielt. Oder doch? Bin ich ihm vielleicht genauso in die Falle getappt wie all die anderen **Love2go-Opfer**, für die ich früher nur Mitleid übrig hatte?

»Jetzt kannst du mir aber verraten, was du vorhast, oder?«, frage ich.

Mike schüttelt nur den Kopf. Dann müssen wir aussteigen.

Wir gehen durch eine absolut normale Straße in einer genauso normalen Gegend. Plötzlich zeigt Mike in die Luft. Hinter einem der trostlos verwitterten Häuser dreht sich ein Riesenrad.

»Kirmes?«

Er nickt.

»Und was willst du da mit dem vielen Stoff aus deinem Rucksack? Das Riesenrad verhüllen? So wie dieser Künstler, der mal den Reichstag verhüllt hat?«

»Du wirst es gleich erfahren!«

Zwei Minuten später haben wir den Rummelplatz erreicht, und es schlagen uns Zuckerwattegeruch und Dröhnmusik entgegen. Viele Leute, die sich an diesem Samstag hier tummeln, sind zum Fürchten. Die Typen tragen zu enge T-Shirts und die Frauen zu enge Miniröcke. Soweit das Auge reicht, quillen einem Muskelpakete und Fettberge mit den übelsten Tätowierungen entgegen.

Mike bahnt sich zielsicher einen Weg durch die Menschenmenge. Ich habe fast Mühe, Anschluss zu halten. Jedenfalls, wenn ich gleichzeitig ein paar Eindrücke links und rechts aufschnappen möchte. Vor der Geisterbahn bleibt er stehen und schmunzelt. »Da sind wir!«

»Das ist dein großer Geburtstagswunsch? Geisterbahn fahren?«

Er nickt, und ich bin fast ein bisschen enttäuscht, weil ich die Idee sooo originell nun auch nicht finde. Und sooo unerschrocken muss man auch nicht sein, um das zu schaffen.

Mike kauft die Tickets, und dann setzen wir uns in einen dieser Wagen, die aussehen wie Totenköpfe ohne Schädeldecke. Wir nehmen auf einer Kunstlederbank in Gehirn-Optik Platz, werden von einem Gespenst nach unseren Karten gefragt und donnern gegen die Eingangstür, die mit einem lauten Knall aufspringt.

Kaum hat die Fahrt begonnen, reißt Mike den Rucksack auf und holt den schwarzen Stoff heraus.

»Hier«, sagt er. »Zieh das an!« Und er legt mir einen Stoffberg auf den Schoß. Bei näherer Betrachtung entpuppt sich das Knäuel als ein Karnevalskostüm à la Sensenmann. Eine Kutte mit Kapuze und weiten, langen Armen.

Noch während ich mir die Verkleidung ansehe, ist Mike schon umgezogen. »Beeil dich, gleich geht's los!«, ruft er. Wir rasen an seltsamen Gefängniszellen vorbei, in denen sich lebensgroße Puppen gegenseitig quälen und massakrieren. Dann wird der Wagen plötzlich langsamer, und es ist stockdunkel. Man hört panisches Geschrei, gemischt mit hämischem Gelächter. Und dann höre ich Mike, der ruft: »Jetzt! Wir springen ab!«

Ich fühle, wie er nach meiner Hand greift und mich aus dem Wagen zerrt. Ich kann nichts sehen und lege mich bei der Aktion beinahe auf die Klappe.

»BIST DU WAHNSINNIG? WO WILLST DU DENN HIN?«, kreische ich.

»Psssst«, zischt Mike. »Wir werden jetzt Teil des Spiels. Wir sehen uns ein bisschen um, und dann erschrecken wir ein paar Leute.«

»Wie bitte willst du dich hier umsehen? Es ist so dunkel, als wäre die Welt gerade untergegangen.«

Mike legt mir seine Hand auf die Schulter und zieht mir die Kapuze aus dem Gesicht.

»Jetzt besser?«, sagt er und grinst.

Tatsächlich hatte ich den blöden schwarzen Stoff

vor den Augen. Doch auch als ich wieder ein bisschen sehen kann, rühre ich mich nicht vom Fleck.

»Hättest du mich vielleicht mal vorbereiten können? Das war der totale Schock!«

Mir ist zum Heulen zumute, und das knackende und knisternde Gelächter aus den billigen Boxen hört sich an, als würde mich jemand auslachen.

Mike steht neben mir und lässt die Schultern hängen.

»Sorry«, sagt er. »Ich dachte, das wäre eine lustige Überraschung. Ich bin gestern extra schon mal Probe gefahren und habe diese Stelle für uns ausgesucht, weil die Bahn hier so langsam ist.«

Inzwischen sind bereits unzählige Totenkopf-Wagen mit anderen Geisterbahnbesuchern an uns vorbeigefahren. Sie halten uns wahrscheinlich für Gruselpuppen und wundern sich, wie wenig gruselig wir rüberkommen. Als ich mich wieder ein bisschen beruhigt und an die Schreie und das Lachen aus dem Lautsprecher gewöhnt habe, nehme ich mir ein Herz und greife wieder nach Mikes Hand.

»Okay«, sage ich. »Es kann losgehen!«

»Echt jetzt?« Mike hält meine Hand ganz fest und strahlt. Dann zieht er mich ein Stück weiter an den Schienen entlang, bis wir zu einem Raum kommen, in dem eine Vampirpuppe sich über eine gelb-graue Leiche hermacht. Die Leiche hat eine große, leberwurstfarbene Wunde am Hals, in die der Vampir immer wieder stöhnend reinbeißt. Eigentlich könnte ich Mikes Hand jetzt loslassen, denn es besteht nicht die

Gefahr, dass wir uns in diesem gut beleuchteten Raum verlieren. Aber irgendwie fühlt es sich gut an, so verbunden zu bleiben. Als wären wir eine moderne Version von Hänsel und Gretel. Und je länger ich diese absurde Situation und diese runtergekommenen Puppen ansehe, desto mehr verliert beides seinen Schrecken. Ich muss sogar anfangen zu lachen, als der Vampir sich zum zehnten Male mit gefletschten Plastikzähnen zu der Leiche runterbeugt.

»Ganz schön beschissener Job, Vampir in einer Gammelgeisterbahn zu sein«, sagt Mike. Er hat seine Kapuze tief ins Gesicht gezogen und versucht, unheimlich zu wirken. Na ja, so unheimlich, wie ein Schmunzelhase eben wirken kann.

»Traust du dich, dich von ihm beißen zu lassen?«, will er wissen.

»Was bekomme ich dafür?«

Mike sieht mich nachdenklich an. »Keine Ahnung. Du hast dann einen Wunsch frei.«

Ohne eine Sekunde zu zögern, lege ich mich auf die Leiche obendrauf und warte, bis der Vampir wieder zubeißen will. Dann halte ich ihm todesmutig meinen Hals hin und spüre, wie das Puppengesicht sich auf mir ablegt. Es riecht muffig und fühlt sich nicht grade kuschelig an.

»IHHH, HILFE«, schreie ich und versuche, das laute Stöhnen des Vampirs zu übertönen. Aus den Augenwinkeln kann ich sehen, wie Mike sich vor Schreck die Hand vor die Augen hält.

Nachdem die Puppe wieder von mir abgelassen hat,

springe ich von dem Totenbett und baue mich mit den Händen in den Hüften vor Mike auf. »Na, du bist ja ein toller Freund! Schon mal was von Retten gehört?«

Erst dann wird mir bewusst, dass ich Mike gerade einen **Freund** genannt habe. Aber es scheint ihn gar nicht zu wundern.

»Du kannst froh sein, dass ich überhaupt noch mit dir rede, jetzt, wo du selber ein Vampir bist«, sagt er und zieht mir die Kapuze ins Gesicht. Dann nimmt er mich wieder an der Hand und führt mich weiter in den nächsten Raum, in dem ein verrückter Geistlicher einer noch verrückteren Frau den Teufel austreiben will. Der Pfarrer geht todesmutig und mit dem Kreuz in der Hand auf die Frau zu, die im Nachthemd an der Wand steht und wimmert. Kurz bevor er sie erreicht, reißt die Frau plötzlich den Mund auf. Aus ihrem Rachen winden sich unzählige Schlangen heraus. Es sieht aus, als würde sie Schlangen kotzen. Die Biester zischen den Pfarrer an, woraufhin der einen Herzinfarkt bekommt und tot in sich zusammensackt.

»Ich glaube, wir haben uns verlaufen«, sagt Mike. »Ich wollte eigentlich woanders mit dir hin. Das ist ja voll eklig hier.«

Er hält mich immer noch fest an der Hand, und wir steigen einen Plastikfelsen hinauf, bis wir in eine Höhle kommen, in der drei Särge stehen. In einem Sarg ist ein Skelett, in dem zweiten verwest ein einäugiges Monster vor sich hin, und der dritte Sarg ist leer.

»Da ist es!«, freut sich Mike, und er sieht aus, als hätte er grade eine lauschige Lichtung im Wald entdeckt, auf der wir uns gemütlich ausruhen können. Tatsächlich möchte er sich mit mir in den noch freien Sarg setzen und ein bisschen chillen. Er hat sogar ein kleines Picknick vorbereitet und zaubert aus seinem Rucksack zwei Dosen Cola sowie eine winzige Geburtstagstorte mit vierzehn Kerzen hervor. Dann reicht er mir ein Feuerzeug und bittet mich, die Kerzen anzuzünden.

»**Happy birthday to you …**«, singe ich und halte Mike die flackernde Torte entgegen. Mike pustet die Kerzen mit einem Mal Luftholen aus und schneidet die Torte in zwei Teile. Er hat sogar Besteck und Teller dabei!

»Wenn ich mal tot bin, möchte ich genau hier in diesem Sarg begraben werden«, sagt er. »Und falls du dann noch am Leben bist, würdest du bitte dafür sorgen, dass das klappt? Und würdest du vierzehn Kerzen neben diesen Sarg stellen? Im Gedenken an heute?«

Ich nicke. »Kein Problem.«

Dann sagen wir nichts mehr, sondern essen die köstliche kleine Torte, und ich bin mir ganz sicher, dass dieser Moment einer der berühmten kleinen Glücksmomente ist, die man nicht achtlos verstreichen lassen sollte. Genau genommen ist es sogar ein ziemlich großer Glücksmoment. So groß, dass mir auf der Stelle wieder einfällt, auf was für wackligen Beinen dieses Glück steht. Und dass es sich spätestens am Montag in sein Gegenteil verkehren wird. Mir bleibt der Kuchen beinahe im Hals stecken.

»Mike, ich muss mit dir reden«, sage ich.

»Worüber denn?«

»Über was Unangenehmes.«

Mike sieht mich ungläubig an. »Heute?«

»Ja, heute. Genau jetzt. Ich halte es nämlich nicht mehr länger aus.«

Gerade als ich das Unaussprechliche aussprechen will, huschen zwei Mumien an uns vorbei, die mich total aus dem Konzept bringen. Ihre ganzen Körper inklusive ihrer Köpfe sind bandagiert, und sie sehen gar nicht aus wie Puppen. Die beiden kreischen und springen um uns herum, und ich frage mich, ob es in dieser Geisterbahn vielleicht lebende Erschrecker gibt, die ausgebüxte Besucher aufstöbern und ihnen den Schreck ihres Lebens einjagen.

»MEEEEL REICHEEEEEE UND MIKE HOFF-MAAAAAAN!«, ruft die eine Mumie. Sie springt zu uns in den Sarg und greift uns beiden ziemlich unsanft in die Haare. Dann bekommt sie einen Lachanfall. Sie scheint vor lauter Lachen kaum mehr Luft zu bekommen und reißt sich den Verband von Mund und Nase. Zum Vorschein kommt das Gesicht von Sarah Pinguin. Ich staune nicht schlecht. Sarah krümmt sich immer noch vor Lachen, und nun gibt sich auch die zweite Mumie zu erkennen. Es handelt sich um keinen Geringeren als Nelson Zint. Die beiden gratulieren Mike zum Geburtstag und bekommen jeder eine Dose Cola in die bandagierte Hand, damit wir zusammen anstoßen können. Ich kann das alles einfach nicht glauben. Es fühlt sich an, als würde ich mich gerade mitten in einem seltsamen Traum befinden.

»Was macht ihr denn hier?«, frage ich.

Sarah quetscht sich neben mich in den Sarg und grinst.

»Mike hatte mich gefragt, ob ich vielleicht auch zu seinem Geburtstag kommen will«, erklärt sie. »Weil er nicht sicher war, ob du es blöd findest, ganz alleine eingeladen zu sein. Und ich hatte dann die Idee mit Nelson.«

Nelson, der außerhalb des Sarges Platz genommen hat, nickt Mike zu. Jetzt kann ich Mike natürlich nicht mehr von *Girlaxis* erzählen. Also beschließe ich, den Nachmittag einfach zu genießen und erst morgen die Bombe platzen zu lassen. Das ist zwar nicht ganz fair von mir, aber immer noch besser, als gleich drei Leute auf einen Schlag gegen mich aufzubringen. **Und dann auch noch in der Geisterbahn!** Wer weiß, vielleicht würden sie mich vor lauter Empörung alleine hier sitzen lassen, und ich würde den Ausgang nicht mehr finden.

Ohne den Druck, heute noch ein Geständnis ablegen zu müssen, ist der Nachmittag extrem lustig. Wir erobern zu viert die gesamte Anlage, lauern uns gegenseitig auf, erschrecken die anderen Besucher und werden am Schluss tatsächlich vom Wachpersonal aufgegriffen und rausbefördert. Inklusive Geisterbahnverbot für die ganze Saison. Angeblich können wir froh sein, dass der Bahnbetreiber nicht die Polizei ruft. Dann wäre ich auch noch polizeilich »vorbelastet«, wenn am Montag die *Girlaxis*-Sache auffliegt.

In der Schlange vorm Riesenrad nimmt Sarah mich

plötzlich zur Seite. Ihre Bandagen hat sie inzwischen natürlich abgenommen; sie trägt wieder so ein Schulterabrutsch-Oberteil, das sie von Zeit zu Zeit auf die Schulter zurückzieht, so, als wäre das Abrutschen gar nicht in ihrem Sinne.

»Und, seid ihr jetzt richtig zusammen, du und Mike?«, flüstert sie mir ins Ohr. Dann tritt sie aufgeregt von einem Bein aufs andere und sieht mich erwartungsvoll an. Ich glaube nicht, dass sie mir ein »Nein« glaubt.

»Das wird sich frühestens morgen zeigen«, sage ich wahrheitsgemäß.

Nach der Riesenradfahrt, bei der Nelson und Sarah unentwegt direkt vor unseren Augen knutschen, verabschieden sich die beiden, und Mike und ich gehen zurück zur Bahn.

»Nicht dass du denkst, das war's schon. Ich hab auch noch eine zweite Überraschung«, sagt er und grinst.

Ich schnaufe. »Muss man da auch wieder unerschrocken sein?«

»Nein, dafür kann man das totale Weichei sein. Ist sogar besser, wenn man eins ist. Dann macht es viel mehr Spaß!«

Vier Stationen später steigen wir auch schon wieder aus, und Mike führt mich zum Völkerkundemuseum, an dessen Eingang allerdings ein großes Schild mit der Aufschrift *Wegen Umbau geschlossen* angebracht ist.

»Hier wolltest du mit mir rein?«, frage ich ungläubig.

Mike nickt ganz aufgeregt. »Ich **wollte** da nicht rein, ich **will** da rein!«

Er führt mich zu einer dicken Eisentür an der Rückwand des Gebäudes, holt einen Schlüsselbund aus seinem Rucksack und schließt einfach auf.

»Wieso …, woher hast du …?«

Ich bringe vor lauter Staunen keinen klaren Satz raus, und Mike sieht aus, als würde er gleich vor Stolz platzen.

»Keine Angst, der Schlüssel ist nicht gestohlen oder so. Höchstens heimlich geliehen. Und zwar von meiner Mutter. Die arbeitet hier im Museum. Aber heute ist garantiert niemand da. Keine Menschenseele. Die Bauarbeiter haben auch frei! Ist ja Wochenende.«

Wir schlüpfen schnell ins Innere des Gebäudes und schleichen ein paar Flure und Fluchtwege entlang. Mike schließt noch zwei weitere Türen auf, und dann stehen wir plötzlich mitten in einem Ausstellungsraum.

Es fällt nur wenig Tageslicht in diesen Bereich des Museums. Und da die künstliche Beleuchtung ausgeschaltet ist, erinnern die afrikanischen Masken und Speere, die an den Wänden hängen, ein bisschen an unseren Geisterbahn-Besuch.

»Und hierfür ist es jetzt besser, ein Weichei zu sein?«

»Wart's ab!«

Mike führt mich weiter durch schummrige Räume, in denen alles hängt, was man zum Leben am anderen Ende der Welt so braucht.

Schließlich kommen wir in einen Saal mit einem künstlich angelegten Seerosenteich, auf dem ein verwunschenes altes Boot liegt. Es sieht ein bisschen aus wie eine schwimmende Märchensänfte mit einem Baldachin obendrauf. Das große Polster in der Mitte des Bootes ist mit weinrotem Samt bezogen, und drum herum ist alles mit goldenen Bommeln und Brokatbordüren verziert.

Mike zieht die Schuhe aus und krempelt sich die Hosenbeine hoch.

»Was ist, willst du nicht mitkommen?«, fragt er. »Das Wasser ist nur knietief, keine Angst!«

Also ziehe ich ebenfalls meine Schuhe aus, und wir waten durch die Seerosen bis hin zu dem Märchenboot, das angeblich dreihundert Jahre alt ist und mal einem indischen Guru gehört hat. Der Guru hatte auch einen Seerosenteich, und er hat tagelang im Yogasitz auf seinem Boot meditiert, während seine Anhänger ihn vom Ufer aus angebetet haben.

Es wackelt bedenklich, als wir zusammen draufklettern, und wir müssen uns aneinander festhalten, damit wir nicht kentern. Als wir endlich sitzen, schaukelt es noch ein bisschen, und dann wird es ganz ruhig auf dem Teich. Ich wage kaum mehr zu atmen, so außergewöhnlich ist es hier.

»Ist das jetzt die Sache, bei der man ein Weichei sein sollte?«, flüstere ich.

Mike nickt. »Ist doch eigentlich super, wenn man so eine Mimose ist. Dann kriegt man viel mehr mit. Und man kann so Guru-Boote viel besser genießen, weil man auch bessere Antennen für die ganzen Guru-Energien hat, die hier rumschwirren.«

Ich muss lachen, und das Boot fängt wieder leicht an zu schaukeln.

»Pssst!«, zischt Mike und legt mir seinen Finger auf den Mund. Ich schaue in seine Augen, die im Dämmerlicht kaum Farbe haben. Trotzdem leuchten sie. Besonders das Weiß in seinen Augen leuchtet. Mike nimmt vorsichtig seinen Finger wieder weg. Und dann küsst er mich plötzlich.

Vielleicht hätte ich mir denken können, dass er mich nicht einfach nur so an diesen romantischsten Ort der Welt entführt hat. Dass er Hintergedanken hat. Schließlich öffnet **Love2go-Mike** seine Trickkiste niemals ohne Hintergedanken. Trotzdem bin ich so überrascht, dass ich beinahe das Gleichgewicht verliere und mit den Armen in der Luft rudere.

»Entschuldigung«, sage ich und versuche, wieder die Balance zu finden.

»Ich muss mich wohl entschuldigen«, antwortet Mike und sieht aus, als wolle er sich grade in Grund und Boden schämen. Weil er ein unverliebtes Mädchen in diese extreme Verliebtheitssituation gebracht hat und jetzt echt blöd dasteht.

Mir gehen tausend Dinge gleichzeitig durch den Kopf. Immerhin war das gerade der erste Kuss meines Lebens. Und ich habe kaum Erinnerungen an das eigentliche Kussgefühl, weil ich viel zu sehr mit dem Gleichgewicht zu kämpfen hatte. Ich habe sozusagen gar nichts mitbekommen von meinem ersten Kuss.

Dabei hätte das eigentlich ein ganz besonderer Glücksmoment sein können. Einer von denen, die man auf gar keinen Fall verstreichen lassen sollte. Und weil ich mich gerne an den ersten Kuss meines Lebens ein Leben lang erinnern können möchte und weil außerdem morgen oder spätestens am Montag alles vorbei sein wird, bewege ich meinen Kopf ganz, ganz vorsichtig in Mikes Richtung. So vorsichtig, dass wir auf keinen Fall ins Schwanken geraten können. Und dann küsse ich ihn zurück. Das heißt, ich lege meinen Mund einfach nur auf seinen und spüre, wie weich sich das anfühlt. Den Rest überlasse ich dem Zufall oder Schicksal. Oder einfach nur der Märchen-Guru-Energie. Wir bewegen ganz vorsichtig unsere Lippen, während mein Herz so wild schlägt, dass ich Angst habe, man könnte es im ganzen Museum hören.

Der Kuss dauert sehr lange. Wie lange, weiß ich nicht genau. Vielleicht sind es auch mehrere Küsse, die ineinander übergehen. Mit kleinen Pausen, in denen wir kein Wort sagen, um ja nichts Falsches zu sagen. Ja kein blödes Wort, das die Stimmung kaputt machen könnte. Irgendwann lege ich meinen Kopf auf Mikes Schulter, und wir schauen auf die Seerosen.

»Du weißt schon, dass ich noch eine Thermoskanne Tee dabeihabe«, flüstert er. »*Buddhas Geheimnis*, aus der angeblichen Mädchenverzauberungs-Trickkiste.«

Er kichert.

Ich würde auch gerne kichern, wenn mich dieser Begriff nicht extrem unsanft auf den Boden der Tatsachen zurückholen würde. Vielleicht geschieht ja noch ein Wunder, denke ich. Vielleicht schreibt Ruth mir heute noch eine SMS, und ich kann sie überreden, dass sie mich nicht verpfeift. Ich würde echt viel dafür geben.

Mike bringt mich an diesem Abend noch nach Hause. Das letzte Stück gehen wir schweigend nebeneinanderher und denken wohl beide daran, dass noch etwas aussteht.

»Was wolltest du mir denn Blödes sagen? Vorhin, in der Geisterbahn, als Sarah und Nelson kamen?«

Mir ist klar, dass wohl kein passenderer Moment für meine Beichte mehr kommen wird. Wer weiß, vielleicht verzeiht Mike mir ja sogar. Jetzt, nach diesem Kuss auf dem magischen Seerosenteich, ist er vielleicht viel zu glücklich, um so richtig enttäuscht zu sein.

Aber dann höre ich mich »Ach nichts, vergiss es!« sagen. Und »Heute ist echt nicht der richtige Tag dafür.«

Und ich spüre, wie ich mich dafür verachte.

Zwei Sekunden später reißt meine Mutter die Haustür auf. Sie hat uns wohl kommen hören, und ich bin fast erleichtert, dass ich den optimalen Geständnis-Moment nun doch nicht vergeigt habe, weil der Moment ja jetzt offensichtlich total ungeeignet gewesen wäre.

Mama stürmt mir entgegen und nimmt mich in den Arm.

»Meine Große! Da bist du ja endlich wieder!«

Dann lässt sie von mir ab und reicht Mike die Hand.

»Hallo, ich bin Cornelia, Mels Mutter. Und du musst Mike sein!«

Nach der Begrüßung macht sich Mike ziemlich schnell aus dem Staub. Wahrscheinlich will er beim großen Wiedersehen nicht im Weg stehen. Doch auch als er weg ist, kann ich mich nicht so richtig über Mamas Rückkehr freuen. Vielleicht war sie einfach zu lange weg. Und der nächste Abschied steht ja auch schon wieder vor der Tür. Vielleicht bin ich aber auch durch die verpatzte Beichte einfach nicht in der Stimmung.

Peps ist dafür umso aufgekratzter. Sie hängt den ganzen Abend auf Mamas Schoß und flüstert ihr Sachen ins Ohr. Einmal sagt sie sogar, dass Mama doch mit der Arbeit aufhören und bei Ohm einziehen kann.

»Du kannst mein Bett haben. Ich schlaf dann auf dem Sofa«, sagt sie. Ohm gibt einen kleinen spitzen Schrei von sich, den keiner so recht deuten kann.

»Ich werd's mir überlegen«, meint Mama und zwinkert Ohm zu.

14

AUCH PEPS' FRIEDLICHER SCHLAFATEM kann mich in dieser Nacht nicht beruhigen. Ich liege da und starre gegen die Decke. Irgendetwas in meinem Kopf funktioniert nicht mehr. Und mein Körper ist genauso außer Kontrolle geraten. Mir ist heiß und schlecht, meine Knochen tun weh, und dazu jagen Skelette durch meinen Kopf und Fratzen, die sich ab und zu in echte Menschen verwandeln. Emily Dickhaus starrt mich mit ihren Katzenaugen an, und die verrückte Ruth lacht mich aus. Selbst Sarah und Nelson, die knutschend zu einer Person verschmelzen, blitzen zwischen all den Horrorgestalten auf und jagen mir Angst ein.

Trotz der Geisterbahn in meinem Kopf stehe ich noch mal auf und schaue nach, ob Ruth mir am Ende doch noch auf meine Mails geantwortet hat. Oder ob es einen neuen *Girlaxis*-Eintrag gibt, was beides nicht der Fall ist.

Vielleicht werde ich ja verrückt, wenn ich nicht endlich mein blödes Geheimnis loswerde. Genau genommen reicht es gar nicht, wenn ich Mike alles erzähle. Ich muss doch nicht nur vor ihm, sondern auch vor der ganzen Schule gestehen. Und ich muss vor der ganzen Welt richtigstellen, dass Mike Hoffmann ein ganz anderer ist als der, den ich in *Girlaxis* beschrieben habe.

Mit zittrigen Händen öffne ich den Blog ein letztes Mal. Und dann schreibe ich als Kommentar zu Ruths letztem Eintrag die ganze Wahrheit. Es sprudelt nur so aus mir heraus. Ich erzähle, wie ich Mike kennengelernt habe. Zum ersten Mal als vermeintlichen **Love2go-Typen** und zum zweiten Mal als den Mike, der er wirklich ist: supernett und superlustig.

Er ist einfallsreich und romantisch. Manchmal ist er schüchtern, und dann wieder setzt er sich über alle spießigen Regeln hinweg. Er ist alles Mögliche, aber auf keinen Fall ein berechnender Mädchensammler und ekliger Anmacher!

Ich erzähle sogar, wie ich mich in Mike verliebt habe, ohne es wahrhaben zu wollen. Und wie der Blog plötzlich zwischen uns stand. Wie ich einfach alles löschen wollte und wie jemand anders *Girlaxis* weitergeführt hat. Ruths Namen erwähne ich jedoch nicht. Da soll die Polizei schon selber draufkommen.

Mike, es tut mir so leid. Vor allem, dass ich zu feige war, es dir persönlich zu sagen. Dass ich diesen schönsten Geburtstag aller Zeiten mit dir gefeiert habe, obwohl dieses schreckliche Geheimnis zwischen uns stand. Ich hoffe so, du kannst mir verzeihen. Irgendwann. Ich wünsche mir nichts mehr als das!

Dann unterschreibe ich mit meinem vollen Namen, schließe die Augen und stelle den Kommentar mit einem Klick online.

Als ich wieder im Bett liege, hoffe ich, dass sich meine Gedanken beruhigen und ich schlafen kann.

Tatsächlich falle ich in so eine Art Halbschlaf. Aber meine Träume sind nicht besser als meine Wachträume vor der Beichte.

Es fängt schon an zu dämmern, als ich wieder aufstehe und ins Wohnzimmer schwanke, wo meine Mutter auf dem Sofa schläft.

»Mama?«, flüstere ich. Meine Mutter ist sofort wach und sieht mich an.

»Mir geht's nicht gut. Gar nicht gut!«

»Was ist denn los?«, fragt sie und rutscht zur Seite, sodass ich mich neben sie legen kann. Dann fühlt sie meine Stirn.

»Mensch, Mel, du glühst ja! Ein Atomreaktor ist nichts dagegen!«

Inzwischen ist auch noch mein Hals angeschwollen, sodass mir das Sprechen schwerfällt. Aber irgendwie bin ich auch erleichtert, dass ich wohl **nur** eine Mandelentzündung habe und nicht in die Irrenanstalt muss.

Mama schleicht sich an Ohms Hausapotheke, die immer prall gefüllt ist mit den neuesten Mitteln, die der Medikamentenmarkt zu bieten hat. Sie verabreicht mir etwas gegen das Fieber und die Schmerzen und versorgt mich noch mit Lutschtabletten, die den Hals abschwellen lassen sollen.

»Sobald es richtig hell ist, gehen wir zum Arzt!«, sagt sie und legt sich neben mich auf die schmale Couch. Im Gegensatz zu Ohm ist Mama total furchtlos. Jedenfalls was Ansteckungsgefahren angeht.

Es tut gut, neben Mama zu liegen, auch wenn Kopf und Körper immer noch ein grausames Eigenleben führen. Als sie mich zwei Stunden später zum Arzt fährt, bin ich so kraftlos, dass ich kaum die Treppen zur Praxis hochkomme. Angeblich hat's mich ziemlich stark erwischt, und ich bekomme einen Haufen Medikamente verschrieben.

»Kann gut sein, dass du für ein bis zwei Wochen richtig ausgeknockt bist«, meint Frau Dr. Schieber und verordnet strengste Bettruhe.

Auf dem Rückweg sieht Mama echt besorgt aus. Sie kurbelt mir den Beifahrersitz ganz runter und baut mir ein kleines Bett.

»Ich glaube, ich hole nur unsere Sachen bei Ohm ab, und dann fahren wir gleich weiter nach Hause«, sagt sie. »Nicht dass die anderen auch noch von diesem Virus befallen werden.«

Zwei Stunden später liege ich in meinem alten Zimmer im alten Zuhause und habe das Gefühl, erst mal in Sicherheit zu sein. Ein bis zwei Wochen, das ist eine echt lange Zeit. Vielleicht ist die *Girlaxis*-Aufregung bis dahin verpufft. Vielleicht wird sich auch Mike in der Zwischenzeit beruhigen. Und Nelson und Sarah noch dazu. Wenn sie hören, wie krank ich bin, bekomme ich vielleicht einen Mitleidsbonus, wer weiß.

Mama kommt alle zehn Minuten mit einem Tee

oder einem Wadenwickel in mein Zimmer. Ich kann mich nicht erinnern, dass ich sie jemals so für mich alleine hatte. Sie holt uns ein paar DVDs, damit wir es uns so richtig gemütlich machen können. Und nachts schlafe ich neben ihr, damit ich sie schneller wecken kann, wenn ich etwas trinken will oder neue Schmerzmittel brauche.

Ich kann nicht wirklich behaupten, dass ich all das genießen würde. Dafür muss mein Körper zu sehr kämpfen. Und mein Kopf kämpft gleich mit. Ständig erinnert er sich an Dinge, die mich zum Heulen bringen. So habe ich plötzlich die Stimme meines Vaters im Ohr. Diese weinerlich-gequetschte Stimme, mit der er sich immer entschuldigt, wenn er doch wieder nicht kommen kann. Und dieses lang gezogene o von »Es tut mir sooooooo leid …«.

Oder ich sehe die dreijährige Peps im Kindergarten, mit den vielen blauen Flecken und den Biss- und Kratzspuren am Arm. Und dazu das Gesicht ihrer alten Erzieherin Frau Peranto, die Peps so gerne losgeworden wäre. »Sie ist wirklich selbst an allem schuld«, hallt die Stimme von Frau Peranto in meinem Kopf nach. »Selber schuld, selber schuld!«

Damals habe ich mir geschworen, dass Pepsi es mal besser haben soll als ich. Weil sie eine große Schwester hat, die immer für sie da ist. Ich wusste ja nicht, wie schwierig es sein würde, immer für jemanden da sein zu wollen, der einem ständig das Leben schwer macht.

Als Mama am Montag mal einkaufen geht, checke ich meine Mails und SMS. Nichts. Dafür hat mein

Girlaxis-Kommentar für extrem viele Reaktionen gesorgt.

Von:

Ey, jetzt bist du selbst auf die Romantik-Tricks von dem Typen reingefallen.

Bis:

Wow, Respekt vor so viel Ehrlichkeit!

Aber von Mike, Sarah oder Nelson gibt es keine Nachricht. Dabei bin ich mir sicher, dass sie den Eintrag gelesen haben. Nach den vielen Reaktionen auf meine Beichte werden sie bestimmt informiert worden sein.

Erschöpft lasse ich mich wieder in die Kissen fallen. Das Fieber geht nicht weg, und ich fühle mich viel zu schwach, um mir weitere Gedanken zu machen.

Als Mama wieder da ist, bekomme ich auch noch einen Heulanfall. Irgendwie weine ich vor Entkräftung, obwohl mich das Heulen selbst auch schon wieder Kraft kostet. Mama streicht mir über den Kopf und sieht unendlich traurig aus.

»Hör zu, ich weiß, ich muss mein Leben ändern. Ich habe mich für eine halbe Stelle beworben, damit ich mehr Zeit für euch habe«, sagt sie.

Ich schaue zu ihr auf. Sie sieht wegen der Tränen ganz verschwommen aus. Wie ein Aquarellbild.

»Können wir dann wieder hier wohnen? Und in die alte Schule gehen?«

Obwohl Mamas Gesicht vollkommen unscharf ist, erkenne ich doch den verwirrten Ausdruck in ihren Augen. »Ich dachte, Peps und du, ihr hättet euch ganz gut eingelebt bei Ohm? Jedenfalls habe ich uns eine neue Wohnung ganz in der Nähe von eurer Großmutter gesucht. So können wir wieder zusammen sein, und Ohm springt nur im Notfall ein.«

Eigentlich ist das eine gute Nachricht. Und normalerweise würde ich Mama jetzt um den Hals fallen. Ich weiß, wie schwer es für sie ist, finanziell mit einer halben Stelle klarzukommen. Aber ich kann nicht anders als weiterheulen.

»Mama!«, schluchze ich. »Ich kann nicht mehr. Ich weiß nicht, ob ich zurück in diese Schule gehen kann.«

Trotz brennender Halsschmerzen erzähle ich ihr von Mike und Sarah. Von dem Schreibkurs und von *Girlaxis*. Und von der Polizei, die jeden Moment anrufen könnte.

Meine Mutter hört ganz ruhig zu.

Als ich fertig bin, sagt sie nur: »Ich hatte ja keine Ahnung!«

Dann streicht sie wieder über meinen Kopf und reicht mir ein Lutschbonbon.

»Mach dir keine Sorgen, meine Große. Das kriegen wir alles hin. Ich habe ja jetzt Ferien, und ich kümmere mich um alles.«

Es dauert noch eine ganze halbe Stunde, bis ich mit dem Heulen wieder aufhören kann. Mama bleibt geduldig neben mir sitzen und hält meine Hand. Zwischendurch habe ich sogar das Gefühl, dass sie ein bisschen mitweint. Aber ich sehe einfach zu verschwommen, um das genau beurteilen zu können. Als ich mich endlich beruhigt habe, schlafe ich auf der Stelle ein.

Es ist schon dunkel, als ich wieder wach werde. Meine Schmerzen sind ein kleines bisschen besser geworden. Ich schnappe mir mein Handy und schaue nach, ob irgendjemand versucht hat, mich zu erreichen. Es gibt eine neue Mail von Sarah!

Liebe Mel,
Du kannst dir ja wohl denken, dass Dein Eintrag hier in der Schule für Wirbel gesorgt hat. Selbst die Direktorin hat ihn inzwischen gelesen. Sie war wohl die Einzige, die erleichtert war. Weil sie glaubt, dass sie jetzt um den Polizeieinsatz drum rumkommt. Wir anderen sind einfach nur schockiert. Wie konnten wir uns so in Dir täuschen? Und wie konntest Du uns nur so anlügen?
In der Schule heißt es, Du bist krank. Stimmt das? Oder bist Du schon gefeuert worden? Nelson und Mike sind, glaube ich, ganz schön angepisst. Ich selbst bin's nur so mittel. Irgendwie fand ich Deine Beichte ja auch rührend. Aber betrogen fühle ich mich trotzdem. Und ich dachte, wir wären Freundinnen und könnten uns alles sagen.
Sarah

Ich antworte ihr, dass ich wirklich sehr krank bin und dass ich mich melde, sobald es mir besser geht.

Das mit unserer Freundschaft habe ich wohl zu spät kapiert. Erst dachte ich, ich sollte nur Ersatzspielerin für Bella sein. Und nachdem wir wirklich Freundinnen waren, habe ich Girlaxis sofort gelöscht. Konnte

ja nicht wissen, dass jemand anders alles wieder online stellt ...

Am nächsten Morgen bin ich zum ersten Mal halbwegs schmerzfrei, obwohl ich immer noch Fieber habe und es vor Schlappheit kaum alleine zur Toilette schaffe. Aber ich kann wieder reden, ohne dass es sich anfühlt, als würde ich Feuer spucken.

Ich schaue sofort nach neuen Nachrichten. Keine Mails, keine SMS. Aber *Girlaxis* ist gelöscht!

Mama kommt mit einem Frühstückstablett und besteht darauf, dass ich etwas esse. Sie setzt sich zu mir aufs Bett und verpasst mir eine Nackenmassage.

»Es gab ein paar Anrufe«, sagt sie. »Deine Direktorin hat sich gemeldet. Sie sagt, durch deinen letzten Blog-Kommentar hättest du dich ja im Grunde schon entschuldigt. Wenn auch nur bei Mike. Es würde noch eine Entschuldigung bei einem gewissen Nelson ausstehen. Hier ist seine Telefonnummer.«

Mama reicht mir einen Zettel mit Nelsons Nummer. Sie erzählt, dass sie bereits mit seinen Eltern gesprochen habe und die Leute einigermaßen besänftigen konnte.

»Danke!«, sage ich. »Und wer hat noch angerufen?«

Mama grinst. »Eine gewisse Emily Dickhaus, diese Autorin von *Männer, die baggern, beißen auch.*« Sie verdreht bei dem Titel verächtlich die Augen. »Sie hat unsere Nummer über die Schule rausbekommen. Sie hatte wohl mit deiner Direktorin gesprochen und ihr erklärt, wie begabt du bist. Sie hat ein gutes Wort für dich eingelegt, weil sie von dem *Girlaxis*-Stress gehört hat. Angeblich hat eine gewisse Ruth sie darauf aufmerksam gemacht.«

»WAS?« Ich erkläre Mama, dass Ruth die Blog-Piratin ist, die *Girlaxis* gekapert hat.

Aber das weiß Mama schon. »Ruth hat auch angerufen. Sie wiederum hat unsere Nummer von dieser Emily Dickhaus. Emily hat wohl darauf bestanden, dass Ruth sich bei dir entschuldigt. Ich habe ihr gesagt, dass du noch zu krank zum Sprechen bist und dass ich dir die Entschuldigung ausrichten werde. Sie war echt seltsam und hat irgendwas von Eifersucht gefaselt. Und dass sie beweisen wollte, dass sie genauso gut einen Blog schreiben könnte wie du. Sie hat mir ihre Nummer gegeben, falls du sie zurückrufen willst.«

Manchmal ist es echt praktisch, krank zu sein und nichts mehr selber regeln zu müssen.

»Und was ist mit Mike?«, frage ich. »Hat der vielleicht auch angerufen?«

Mama schüttelt den Kopf. »Leider nein«, sagt sie. »Aber das kriegen wir auch noch hin. Wäre doch gelacht!«

Sie hat tatsächlich »wir« gesagt. Es ist absurd, dass ich mich von Mama beraten lasse, wenn's um Jungs geht. Weil sie doch die schlechteste Männerversteherin unter der Sonne ist. Dachte ich jedenfalls immer.

Mama zieht die Augenbrauen zusammen und denkt nach.

»Entschuldigt hast du dich ja schon«, sagt sie. »Und vor aller Welt gesagt, dass du in ihn verliebt bist, hast du auch schon.«

Ich nicke.

»Aber er ist immer noch beleidigt.«

Ich nicke wieder.

»Wahrscheinlich, weil dein Geständnis zu spät kam und nicht persönlich, stimmt's? Und weil er annehmen muss, dass du nicht freiwillig die Wahrheit gesagt hast, sondern nur wegen der drohenden Polizei.«

»Und was soll ich da jetzt machen?«

Mama zuckt mit den Schultern. »Wenn ich das nur wüsste.«

Am Nachmittag ruft Peps an.

»Mel, geht es dir besser? Wann kommst du wieder? Ich mag nicht ohne dich bei Ohm sein!« Ihre Stimme klingt ungewöhnlich besorgt und mitfühlend.

»Keine Ahnung«, sage ich. »Dafür hast du doch jetzt das Zimmer für dich alleine.«

»Du bist doch nicht wegen mir krank geworden? Weil ich so doof war?«, will Peps wissen. »Du bist doch wegen Mike krank geworden, oder?«

»Nein, ich bin nicht wegen dir krank geworden«, versuche ich sie zu beruhigen. »Obwohl du in letzter Zeit echt blöd zu mir warst!«

Peps schnauft. »Lionel hat mir von diesem komischen Blog erzählt, den du geschrieben hast. Und dass Mike total sauer auf dich ist. Stell dir vor, er ist auch krank geworden. Er hat auch so eine Pipi-Kacka-Mandelzündung. Vielleicht hat er dich ja angesteckt. Oder du ihn.«

Ich will alles wissen, was Peps über Mike weiß, und sie ist wirklich bemüht, mir zu helfen.

»Ich mach alles wieder gut, ehrlich. Ich denk mir was aus. Aber komm bitte bald wieder!«, sagt sie zum Abschied. Dann fängt sie ein bisschen an zu weinen und legt auf.

Die Woche vergeht ziemlich langsam. Wenn ich nicht gerade heulen muss, leide ich unter einem schrecklichen Grübelzwang. Und während ich grübele, bewegt sich die alte Kinderuhr in meinem Zimmer kaum von der Stelle. Ich versuche, alles zu klären, was ich vom Bett aus klären kann. Einmal rufe ich sogar bei Nelson an, und spreche ihm eine ellenlange Entschuldigung auf die Mailbox. Ich bin so froh, dass er nicht persönlich drangegangen ist! Mit Sarah maile ich ein paarmal hin und her. Obwohl sie angeblich noch sehr enttäuscht von mir ist, werden ihre Mails immer netter und lustiger, und sie erzählt mir, was alles in der Schule so passiert.

Mama gibt sich alle Mühe, mich mit Filmen und Lieblingsgerichten abzulenken. Und so blöd mein Leben auch gerade ist, so schön ist es gleichzeitig, dass sie ganz und gar für mich da ist. Darum habe ich keine Eile, gesund zu werden. Auch wenn das Fieber längst runtergegangen ist und ich sogar heimlich Liegestütze mache, wenn ich alleine bin. Nur um nicht ganz aus der Übung zu kommen.

Am Samstag klingelt es plötzlich, und Peps steht vor der Tür – samt Lionel und Dr. Strupp. Meine Schwester fällt mir um den Hals und klammert sich an mich, während Struppi schwanzwedelnd an uns hochspringt und bellt.

»Er hat leider gelernt zu bellen«, erklärt Lionel und grinst. »Wir wollten ihm eigentlich nicht erklären, wie das geht. Aber er hat es sich selber beigebracht!«

Die Einzige, die wegen Pepsis Besuch keine gute Laune hat, ist Mama. Sie ist regelrecht sauer, dass meine Schwester heimlich ausgebüxt ist.

»Was denkt Ohm denn, wo du bist?«, will sie wissen.

»Die denkt, ich wäre bei Lionel!«

»Und Lionels Eltern, was denken die?«

Peps setzt ein stolzes Grinsen auf. »Die denken, dass Mike auf uns aufpasst. Weil sie übers Wochenende weggefahren sind. Hat er aber nicht. Jedenfalls nicht besonders gut. Darum hat er jetzt ein Problem. Aber wir haben ihm meine alte Kindergartentasche auf den Küchentisch gelegt. Da steht ja mein Name drauf und die Adresse von hier. Und ans Handy sind wir nicht mehr drangegangen. Jetzt muss er einfach herkommen, wenn er uns zurückhaben will.«

Peps zwinkert mir zu. »Hab doch gesagt, dass ich alles wiedergutmache!«

Jetzt ist auch Mama irgendwie beeindruckt.

Peps Plan geht tatsächlich auf, und zwei Stunden später steht Mike vor der Tür. Peps und Lionel machen gerade einen Spaziergang mit Dr. Strupp, und Mama ist mit einer Freundin Kaffee trinken gegangen. Und sie kommen allesamt erst wieder, wenn ich ihnen Bescheid gebe!

Als Mike plötzlich vor mir steht, würde ich ihm am liebsten genauso um den Hals fallen, wie Peps mir um den Hals gefallen ist. Erst als ich sein Gesicht sehe, schrecke ich zurück. Vom Schmunzelhasen ist keine Spur mehr. Mike wirkt blass und ernst und sieht viel älter aus als früher.

»Peps und Lionel sind unterwegs und haben leider kein Handy dabei«, lüge ich. Dann sitzen wir in meinem Zimmer rum und schweigen. Mike schaut sich um, während ich versuche, mich so schnell wie möglich wieder zu entlieben, um nicht jeden Moment in Tränen auszubrechen.

»Ich hab mich in meinem ganzen Leben noch nicht so schlecht gefühlt«, sagt er plötzlich.

»Ich auch nicht.«

»Wie konnte ich denn ahnen, dass das Mädchen, in das ich mich verliebe, genau die ist, die mich seit Wochen versucht fertigzumachen?«

»Ich hab auch nicht geahnt, dass du der bist, der du bist. Ich hab dich nicht erkannt. Ich habe alles falsch gemacht. Aber mehr als entschuldigen kann ich mich nicht.«

Jetzt fange ich doch noch an zu heulen. Mike sitzt neben mir wie eine Puppe aus der Geisterbahn. Blass, bewegungslos und traurig.

Als ich mich wieder beruhigt habe, rufe ich Peps an. »Ihr könnt jetzt kommen«, sage ich und lege schnell wieder auf, bevor sie mir irgendwelche Fragen stellt.

Mike sieht mich vorwurfsvoll an. »Jetzt hast du mich ja schon wieder belogen! Die beiden hatten ja doch ein Handy dabei.«

Ich schaue ihm fest ins Gesicht, und es fühlt sich so an, als wäre plötzlich meine ganze Schuld von mir abgefallen. Mein schlechtes Gewissen hat sich von einer Sekunde zur anderen in Luft aufgelöst. Keine Ahnung, warum.

»Ja, jetzt habe ich schon wieder gelogen«, sage ich. »Diese Lüge war mein letzter Versuch, ein bisschen mit dir allein sein zu dürfen, um mich mit dir auszusprechen. Und all die Lügen davor, die waren auch nichts anderes als ein Versuch, mit dir befreundet sein zu können. Ich hab dich nicht belogen, weil ich dich reinlegen wollte. Sondern weil ich wusste, dass du mir nicht verzeihen würdest, wenn ich die Wahrheit sage. Und weil ich nicht wusste, wie ich das aushalten soll. Und ganz genau so ist es ja jetzt auch gekommen.«

Mike sieht verblüfft aus, und zum ersten Mal kommt ein bisschen Farbe in sein Gesicht.

»Weißt du noch, dass ich einen Wunsch frei habe? Weil ich mich von dem Vampir habe beißen lassen?«, frage ich.

Mike antwortet nicht, aber sein Gesicht wird noch einen Hauch röter.

»Ich wünsche mir, dass du deinen Geburtstag so in Erinnerung behältst, wie er war: **total schön**. Auch wenn du mich jetzt blöd findest.«

»Ich versuch's«, sagt Mike.

Dann sitzen wir wieder nebeneinander auf meinem Bett und denken wahrscheinlich beide daran, dass gleich Peps und Lionel hereinkommen werden. Und dass wir uns so schnell sicher nicht wiedersehen – außer vielleicht in der Schule, wenn wir zufällig aneinander vorbeigehen. Vielleicht ist dies der letzte Moment in unserem Leben, in dem wir alleine in einem Raum sitzen und die Möglichkeit hätten, uns zu versöhnen.

Da fällt mir plötzlich wieder eine von Ohms Lebensweisheiten ein, die sie mir mal eingeschärft hat, als ich mich darüber beklagen wollte, wie unperfekt das Leben doch ist. Viel unperfekter als Filme oder Bücher.

»Warte nicht auf den perfekten Moment«, hat sie gesagt. »Nimm diesen Moment und mache ihn perfekt!«

Und darum fasse ich mir ein Herz und nehme Mikes Hand, die immer noch blass und teilnahmslos neben mir legt. Und ich halte sie ganz fest, so wie er meine Hand in der Geisterbahn festgehalten hat. Und dann drückt auch er plötzlich meine Hand. Ich halte die Luft an und schließe die Augen, weil mich das Mutigsein meine letzte Kraft kostet.

Als ich den Schlüssel in der Tür und Struppis Bellen im Flur höre, küssen wir uns längst. Und plötzlich ist mir alles egal. Es wäre mir sogar egal, wenn Peps jetzt ins Zimmer gestürmt käme und eine ihrer Pipi-Kacka-Bemerkungen machen würde. Aber sie tut es nicht. Sie öffnet meine Zimmertür nur einen ganz kleinen Spalt, grinst mich an und verschwindet den ganzen Nachmittag mit Lionel in ihrem Zimmer.

PINK IST KRASS

turbulent

irre komisch

frech

Anja Fröhlich
Miss Krassikowski

Paulinas Familie besteht zu 100 % aus Mädchen: Ihrer Mutter, ihrer Halbschwester Anastasia und Paulina selbst. Zusammen sind die drei ein echter Diven-Club. Doch ihr schönes WG-Leben gerät plötzlich ins Wanken, als sich Paulinas Mutter auf die Suche nach ihrem Mr. Right macht. Das kann ja nur schiefgehen!

160 Seiten – Ab 12 Jahren
ISBN 978-3-86430-003-5

VOLLKOMMEN VERLIEBT

Heike Abidi
Tatsächlich 13

Der Countdown läuft! Bald wird Henriette 13 und somit offiziell ein Teenager. Bis dahin muss sich aber noch einiges tun, zum Beispiel die Sache mit dem festen Freund. Und sie will noch einige wichtige Dinge rausfinden: was Verliebtheit ist, wie man toll küssen kann und warum Eltern immer so oberpeinlich sind. Bei ihren Experimenten lässt sie kein Fettnäpfchen aus …

176 Seiten – Ab 11 Jahren
ISBN 978-3-86430-025-7

spannend

total witzig

Liebesrecherche

Pink